アテルイ

aterui

K.Nakashima Selection Vol.6

中島かずき

Kazuki Nakashima

論創社

アテルイ

扉・モデル
市川染五郎
堤 真一
水野美紀
写真撮影
野波 浩
タイトルロゴ／アートディレクション
河野真一
●
装幀
鳥井和昌

目次

アテルイ

日の国若き時、
其の東の夷《ひな》に蝦夷《えみし》あり。
彼ら野に在りて、未だ王化に染《したが》はず。
山を駆けること禽《とり》の如く、
草を走ること獣の如し。
かの長の名は阿弖流為《あてるい》。
帝、これを悪路王《あくろおう》と呼び、
邪《あ》しき神姦《かだま》しき鬼と
怖れたり。

◉登場人物

阿弖流為《あてるい》（北の狼）
坂上田村麻呂利仁《さかのうえのたむらまろとしひと》
鈴鹿《すずか》／釼明丸《じんみょうまる》

〈貴族／帝人軍〉
御霊御前《みたまごぜん》
紀布留部《きのふるべ》
佐渡馬黒縄《さどまのくろなわ》
飛連通《ひれんつう》
翔連通《しょうれんつう》
無碍随鏡《むげのずいきょう》
闇器《あんき》
阿久津高麻呂《あくつのたかまろ》／覆面男1
大伴糠持《おおとものぬかもち》／覆面男2
都の人々
朝廷軍の兵士
偽立烏帽子党
女官

〈蝦夷《えみし》〉
立烏帽子《たてえぼし》
薊《あざみ》
大嶽《おおたけ》
赤頭《あかがしら》
青頭《あおがしら》
丸頭《まるがしら》
蝦夷の人々
立烏帽党の女たち

〈母霊族《モレ》〉
蛮甲《バンコウ》
阿毛斗《アケト》
阿毛留《アケル》
阿毛志《アケシ》

第一幕

禽の如く
獣の如く

第一景

古き時代。日の国。

帝の血族が祟り神となり、新しき都が生まれすぐに廃れる、そんな時代。

暗闇に浮かぶ無数の人影。

その人影は集まり、一つの言葉を紡ぐ。

神に呪われそして愛された北の男と、人と神との間に立ち都を護る定めに生まれた男の戦い、その物語の幕開けを告げる言葉である。

人々

日の国若き時、その東の夷《ひな》に蝦夷《えみし》あり。彼ら野に在りて、未だ王化に染《したが》わず。帝《みかど》彼らを疎み兵を持って滅《めっ》せんとす。是即ち帝人兵《みかどびとへい》。都人《みやこびと》これを皇戦《すめらいくさ》と呼ぶ。

処は帝都。

方眼に区切られ呪と武により護られた京。帝を枢軸に貴族と僧とそして武士、新たな秩序と〝単一民族国家の誕生〟という理念でこの龍の列島を治めようという勢力の中心である。

都の象徴である大門に火矢が飛び込むと、炎が回り焼け落ちる。

夜の辻を駆ける夜盗の一群。

烏帽子を深くかぶり目をくりぬいて覆面にした、和風ＫＫＫ団のような出で立ちの野党たちだ。直刀を持っている。大門焼き討ちも彼らの仕業だ。覆面男1と2が指揮している。

集まっていた人影、街の人々になる。

夜盗に襲われ怯え逃げる街の人々。口々に「蝦夷が来たぞ」「殺される」などと悲鳴を上げ逃げまどう。彼らを襲う夜盗。

覆面男1　我ら立烏帽子党。都に住むすべての者に、北の民の恐怖を！

覆面男2　蝦夷の恐ろしさ、思い知るがいい！

言いながら街の人々を斬り略奪をしていく夜盗たち。

と、そのうちの数人が女を、覆面男1、2の前に引きずり出す。

女、薄衣で顔をかくして踊り女の姿をしている。鈴鹿《すずか》である。

覆面男1　どうした。

夜盗1　こいつが俺達の後を。

覆面男2　なに。
鈴鹿　待って。待っておくれ。あたしは、ただあんた達の仲間になりたいと。
覆面男1　仲間だあ。
鈴鹿　身体張ってはした金稼ぐ今の暮らしには飽き飽きしちまったんだ。強欲な貴族を襲っちゃあ、人はばっさり、懐にはがっぽり。今、都を騒がす盗賊一味の立烏帽子党だ。さぞやいい男達の集まりじゃないかと思ってね。

と、いきなり刀で襲いかかる覆面男2。
薄衣を目眩ましにして、その斬撃をすばやくかわす鈴鹿。落ちる薄衣。

鈴鹿　な、なにするの。

と、鈴鹿を取り囲む夜盗たち。刀を構え殺気立つ。

鈴鹿　……ちょっと、なんかやな雰囲気。
覆面男2　その動き、ただの踊り女ではあるまい。
鈴鹿　もちろん、ただじゃあ踊らないさ。こう見えてあたしは高いよ。
覆面男1　何がねらいだ、女。

覆面男2　そうか。我らの隠れ家の探索にでも来たか。
鈴鹿　……ふん。夜盗のわりにはまんざら馬鹿じゃないか。
覆面男1　ただの夜盗ではない。我ら立烏帽子党。北の蝦夷《えみし》の一党だ。
覆面男2　貴様ら都人《みやこびと》を皆殺しにするために、ここまでやってきたのよ。
鈴鹿　北の国に帝の兵が攻めていることへの意趣返しってわけ？
覆面男2　まあ、そんなところだな。
覆面男1　覚悟しろ、女。
鈴鹿　おっとお、見損なっちゃあ困るねえ。ふふ。そんなこともあろうかと……。（懐に手を入れる）

身構える夜盗たち。
鈴鹿、懐から笛を出すとピコピコピーと吹き鳴らす。

覆面男2　馬鹿か、おのれは。

笑い出す夜盗たち。

覆面男1　こんな都のはずれで誰が助けに来る。我ら北の蛮族の恐ろしさ、みんな骨身にしみてておるわ。

覆面男2　たてつく者など今の都には誰もいない。

覆面男1　おおかた、あの花道奥の引き幕がシャリンと開いて、刀を持ったいい男が助けに来てくれればいいなあなんて甘い考えもってるんだろうが、そんなことがあるわけなかろうが。ばかたれが！

夜盗一同　ばかたれが‼

その時、花道奥の引き幕がシャリンと開いて、男が現れる。
坂上田村麻呂利仁《さかのうえのたむらまろとしひと》である。

田村麻呂　あるんだなあ、それが。

驚く夜盗たち。ずかずかと歩いてくる田村麻呂。

鈴鹿　田村麻呂様！

田村麻呂　もちろん、刀も持っている。いい男かどうかは、まあ、世間の人に聞いてみるか。

夜盗たち　ぬう。

覆面男2　勝手なことを。

覆面男1　ふっふっふ、ふっふっふ。（笑いながら鈴鹿に近寄り）近寄るな。近寄るとこの女がどうなってもしらんぞ。（と、鈴鹿に刀を突きつける）
田村麻呂　おお。それは困った。
夜盗たち　はーっはっはっは。
田村麻呂　困ったがしかし、さて、できるかい。お前さん達に。
覆面男1　なに。
田村麻呂　その女、見かけによらずすばしっこいぞ。

その言葉を聞くより早く、夜盗たちの刀をかいくぐると鈴鹿、彼に駆け寄る。

鈴鹿　ごめんなさい。
田村麻呂　無茶をするな、鈴鹿。
鈴鹿　私は、あなたのお役目の手助けを。
田村麻呂　それが無茶だと言ってるんだよ。
鈴鹿　多少の無茶はしないと、気づいてくれないお方もいますからね。
田村麻呂　気づく？
鈴鹿　もういいです。
覆面男1　ああもう。無茶無茶無茶無茶、それは無茶じゃなくてイチャイチャだー！

覆面男2　やれ、お前たち。

襲いかかる夜盗たち。
抜刀しないままの刀で反撃する田村麻呂。
夜盗たちを打ちのめす。

覆面男1　ぬぬぬ、全員退却～。
鈴鹿　こら待て。
田村麻呂　かまうな、かまうな。（打ちのめした夜盗たちに）今日はこのくらいで勘弁してやる。いけ。

逃げ出そうとする夜盗たち。
が、その夜盗たちの行く手を阻むように現れる一人の男。歌うようにつぶやく。

男　わひとを　ひたり　ももなひと　ひとはいえども　たむかいもせず……。
覆面男1　な、なんだ、お前は。
男　……北の狼。
覆面男2　なに!?

北の狼　……立烏帽子党だと。片腹痛い。貴様らが北の民を名乗るなら、俺はそれを食らう北の狼だ。

北の狼と名乗った男、手にしていた鉄串のような得物で、夜盗に襲いかかる。舞うように彼らを倒す北の狼。足や手を刺し、夜盗を動けなくしていく。

田村麻呂　あ、おい、待て。

慌てて夜盗と北の狼の間に割って入る田村麻呂。

田村麻呂　待て、逃がしてやれ。

北の狼　邪魔をするな。

容赦なく田村麻呂にも鉄串をふるう北の狼。

田村麻呂　よせ、やめろ。

かわす田村麻呂。刀を持つ。

鞘から刀を抜かないまま、それで北の狼の攻撃をさばく。
二人の戦い。それに巻き込まれやられていく夜盗たち。田村麻呂が刀をふるうのに対して、北の狼は夜盗を楯代わりにしていく。バタバタと倒れる夜盗たち。

田村麻呂　（それを見て）あ、こんなはずでは。くそー。
北の狼　役人か。
田村麻呂　ま、そんなもんだ。
北の狼　ならば黙って見ていてもらおう。

田村麻呂の刀の柄をつかみ抜こうとする北の狼。

北の狼　ぬ。
田村麻呂　抜けないんだな、こいつは。
北の狼　ち。

柄から手を離し、とびずさる北の狼。

田村麻呂　俺の刀を奪おうって腹だったらしいが、おあいにく様だ。こいつは刀じゃねえ。刀の形をした棒だ。

北の狼　なりはでかいが見せかけか。この都と同じだな。

田村麻呂　おお、同意見だ。

北の狼　ほう。

田村麻呂　同意見だが、こっちはそれがお役目でな。まあ、見せかけの都を護るには見せかけの刀で充分だ。

北の狼　……面白い男だ。名前は。

田村麻呂　（ニヤリと笑って）お前さんが北の狼なら、俺はさしずめ、都の虎だ。

北の狼　なにぃ。

と、二人の間に割って入る鈴鹿。

鈴鹿　そして、私が、夜のバンビ！

北の狼　…………。

田村麻呂　…………。

鈴鹿　…………。

北の狼　……場を読め、女。

鈴鹿　えー。

田村麻呂　（鈴鹿に）お前は黙ってろ。
鈴鹿　でも、あたしだって名乗りたいじゃない。
田村麻呂　そういう問題じゃない。
鈴鹿　二人だけ、通り名があってずるい。あたしだって赤い彗星とかひとり民族大移動とか電話はヨイフロとか……。
田村麻呂　最後のは違うと思う。
北の狼　ずいぶん鼻っ柱の強い女だな。
田村麻呂　おっと。女のことにまで口を出されたくはないな。俺は、こと、こいつのことになると、ムキになるぜ。

その言葉にちょっと嬉しい鈴鹿。

北の狼　……よくわからんが、わかった。
田村麻呂　だったらいい。いくぜ。
鈴鹿　って、ちょっと待って。
田村麻呂　何だよ。
鈴鹿　なんで戦ってるの、あなた達。
田村麻呂　え……。そりゃ、こいつが、俺が逃がそうとしたのを邪魔するから……って。

夜盗たち田村麻呂と北の狼の戦いに巻き込まれ、全員やられている。

田村麻呂　……あーあ、全員のびちまってらあ。
北の狼　大半はお前がやったんだがな。
田村麻呂　てめえがやらせたんじゃねえか。
北の狼　夜盗を役人が倒す。何の不都合もあるまい。それを逃がそうとするから、俺が代わりにやったまでだ。
田村麻呂　ばか。俺には考えがあったんだよ。
北の狼　考え？
田村麻呂　こいつらは立烏帽子党。いま、この都を騒がしている盗賊の一団だ。押し込み強盗。殺し。火付け。なんでもやる。ただなあ、ちょっと気になることがあってな、なんとかこいつらのねぐらを突き止めたい。そう考えてた。
北の狼　それで適当に痛めつけて逃がそうとしたわけか。気になることとは？
田村麻呂　そいつは……。
鈴鹿　（咳払いして、田村麻呂に小声で）いいんですか、そんなにペラペラ。
田村麻呂　え。
鈴鹿　なんか、あの男。胡散臭いですよ。妙にすかしてて。

田村麻呂　そうかな。
鈴鹿　なんとなく嫌な予感がするんです。
田村麻呂　そうか。わかった。

　　田村麻呂と鈴鹿、口チャック。
　　北の狼、覆面男1と2の覆面をはぎとる。
　　覆面男1、2、声をあげ顔を慌てて隠す。

北の狼　……気になると言えば、少なくともこいつらは蝦夷じゃない。
鈴鹿　知ってるの、蝦夷を。
北の狼　……顔を隠すということは、顔を知られるのがまずいということだ。蝦夷ならば堂々と顔をさらすはず。
覆面男1　そ、それは。
田村麻呂　（覆面男1に）つまりは、この都で暮らしてるってことか。え。
覆面男1　て、照れ屋なんです。
北の狼　（鉄串を覆面男2の額にあてる）そちらもか。
覆面男2　ひ、ひい。
北の狼　蝦夷に化けて悪行三昧か。随分と卑怯な真似をするな。

田村麻呂　待て待て、それ以上手荒な真似はまずい。それに立烏帽子党はこいつらだけの仕業ともいえねえ。

北の狼　なに。

田村麻呂　盗みのやり口が毎回違いすぎる。ある時は、家人が忍び込んだことすら気づかぬぐらい鮮やかな盗みを働く。かと思えば、罪なき女子供まで手当たり次第に殺して、家財一式根こそぎ持っていく。共通するのは、彼らが押し入ったあとに、赤い烏帽子を残して行くことだけ。しかもここ最近は残忍な手口だけだ。

北の狼　……二組いるってことか。

田村麻呂　ああ、本物の立烏帽子党は他にある。なんか、そんな気がするんだよなあ。まあいい。とりあえず、こいつらを締め上げるしかねえか。

覆面男1、2にさるぐつわ。

田村麻呂、倒れていた夜盗たちに縄をかける。

田村麻呂　……北の狼ねえ。都に住んでるのか。

北の狼　気の向くままだ。

田村麻呂　……また逢うような気がするな。

北の狼　俺は逢いたくないいね。

田村麻呂　なるほど。
北の狼　おい。

北の狼、鈴鹿の薄衣を拾ってやると、彼女に手渡す。

鈴鹿　あら、ありがと。

目と目が合う北の狼と鈴鹿。たがいに一瞬何かが心の底で蠢くが、すぐに平静に戻る。

北の狼　無鉄砲で男に迷惑かけるなよ。
鈴鹿　ご忠告どうも。（と、受け取る）

夜盗に縄をかけ終わる田村麻呂。

田村麻呂　（北の狼に）助勢感謝。（夜盗たちに）さあ、とっとと来い。

夜盗たちを引き連れて、立ち去る田村麻呂。鈴鹿、北の狼を見ているが、すぐに踵を返して田村麻呂のあとをついていく。

一人残る北の狼。田村麻呂達が消え去るのを見送っているが、背後に声をかける。

北の狼　やめておけ。

ざわと、人の動く気配。

北の狼　……俺には縁もゆかりもないが、あの男を襲うつもりならやめた方がいい。

その声に呼応するように現れる女性の一団。中央にいるのが赤い烏帽子をかぶった女性。立烏帽子《たてえぼし》だ。背に両刃剣を結わえ付けている。刀を持つ女性達。

北の狼　へえ、女ばかりとはな。だったらなおのことだ。怪我するぞ。
立烏帽子　よく気づきましたね。
北の狼　忍ぶれど色に出にけり、というところかな。
立烏帽子　では、我が恋は、と続けましょうか。
北の狼　歌が色っぽいわりには、物騒なものを構えてるようだが。
立烏帽子　用心深いのですよ。北の女は。

北の狼　北の？
立烏帽子　……先ほど、おっしゃっていましたね。北の民を食らう北の狼。ならば私どもも、その牙にかけますか。
北の狼　なぜ、おぬしらを。
立烏帽子　我らこそ本物の立烏帽子党。北の民、蝦夷の女達です。
北の狼　やはり二組いたということか。
立烏帽子　あのような輩が誇り高き蝦夷の一族なわけがない。
北の狼　へえ。
立烏帽子　何がおかしい。
北の狼　お前達だって、盗賊をやってたことにかわりはないだろう。何を偉そうに。

殺気立つ女達。

立烏帽子　我らが襲っていたのは、朝廷に与する貴族達の倉だけ。間違っても人は殺さぬ。
北の狼　倉だと。
立烏帽子　そうだ。戦のための資金が納められた倉。蝦夷をほろぼさんと北を攻める帝人《みかど》軍の軍資金だ。
北の狼　…………。

立烏帽子　たとえ故郷を離れても、せめて仲間のために手助けがしたい。その志にも牙を立てるおつもりか。
北の狼　……思いは同じか。
立烏帽子　え。
北の狼　俺も故あって、北の国を追われた。
立烏帽子　……ではあなたも。……待って、もしや。
北の狼　…………。
立烏帽子　私の目的はもう一つあった。顔も名前もわからぬが、故郷を捨てた蝦夷の男を捜すこと。
北の狼　なに。
立烏帽子　こうして蝦夷を名乗る賊となって都を騒がせば、ひょっとしたらそのお方の耳にも入るかもと、淡い期待はしていたが。
北の狼　しかし、名も顔も知らぬ男をどうやって捜す。
立烏帽子　これがある。

懐から布に包まれた物を取り出す立烏帽子。布を開くと赤い水晶玉のようなもの。

北の狼　……それは。

立烏帽子　私が捜している男もこれと同じ物を持っている。

北の狼、黙って懐から守り袋。その中から同様の赤い水晶玉を出す。
赤い光が辺りを包む。
歓喜の声を上げる女達。

立烏帽子　（女達に）先に帰れ。今宵は宴の準備だ。

うなずく女達、駆け去る。

立烏帽子　……やはり、あなたでしたか。
北の狼　……この帝の都で巡り会うことになろうとはな。
立烏帽子　でも、……でも必ず会える。そう思うておりました。
北の狼　荒覇吐《あらはばき》の神の呪いをうち破ってもか。
立烏帽子　はい。一念岩をも通します。
北の狼　しかし、捜してどうするつもりだ。
立烏帽子　帰りましょう。我らが故郷、日高見《ひたかみ》の国へ。
北の狼　え。

立烏帽子　帝の軍から我らの故郷を守るため、ともに帰りましょう。
北の狼　……それは出来ない。
立烏帽子　なぜ。
北の狼　……俺は荒覇吐の神の使いを殺した。俺は呪われた。戻れば今以上に災いをもたらす。
立烏帽子　だから黙って見ているというのですか。
北の狼　…………。
立烏帽子　あの時、あなたは私を救ってくれた。荒吐《あらばき》の山で、獣に襲われた私を。それが神の使いでも、あなたは人の命を守るために戦った。ならばなぜ、故郷を守るために戦えない。
北の狼　あの時とは違う。
立烏帽子　私たちは互いの顔も名前も心の底に封じ込められ、バラバラに里を出された。二度と巡り会えぬように。二度と思い出せぬように。だが、それが荒覇吐の神の呪いというならば、もうそれは解けている。
北の狼　なぜ、そう言える。
立烏帽子　……私にはあなたの名が言える。どんなに心の底に封じられようと、今、あなたに会ってはっきりと思い出した。
北の狼　なに。

立烏帽子　阿弖流為《あてるい》。蝦夷の中の蝦夷。禽《とり》よりも早く山を駆け、獣よりも早く草を走る。阿弖流為。それが、あなたの名だ。

背の両刃剣を差し出す立烏帽子。
その剣をとる北の狼。すらりと剣を抜くとその剣身の輝きを見つめる。
大きく息を吐く北の狼。確かに彼こそ阿弖流為だった。

阿弖流為　……確かにそうだ。俺は阿弖流為。
立烏帽子　おお。
阿弖流為　……よく、思い出してくれた。（剣を収める）
立烏帽子　では、私の、私の名は。
阿弖流為　え……。
立烏帽子　思い出せないのですか……。
阿弖流為　いや、そんなことは。
立烏帽子　では。
阿弖流為　…………………。
立烏帽子　思い出せないんだああ。
阿弖流為　待て、泣くな。

立烏帽子　いいわ、いいい。男はしょせんそんなものよ。
阿弖流為　違う。もう、ここまで。ここまで出てるんだ。（と、喉元を指す）
立烏帽子　ほんとに？
阿弖流為　ああ、ほんとだよ。（でも目は泳いでいる）
立烏帽子　ほんとかなあ。（と、いいながら、懐から烏帽子を取り出す）あら、懐にもこんなものが。（自分の頭の烏帽子を脱ぎ捨て）かぶるの忘れてました。
阿弖流為　忘れてたって、今……。
立烏帽子　あなたは名前が思い出せず、私はこれが思い出せず。なんか、似てますね。
阿弖流為　そうかな。
立烏帽子　似てますって。（と、烏帽子を阿弖流為の前でヒラヒラさせる）名前、どうです？
阿弖流為　いま、頑張ってます。
立烏帽子　名前ですよ。私のなまえ～。（と、阿弖流為の目の前で烏帽子をひらひら）
阿弖流為　ちょっと。一生懸命考えてんだから。（その行為がうるさいのか、烏帽子をはらう）
立烏帽子　（はずみで落とす）あ。
阿弖流為　あ、ごめん。悪い。（と、拾う）
立烏帽子　それ、なんです？
阿弖流為　これ？
立烏帽子　それ。

阿弖流為　烏帽子？

立烏帽子　（がばと阿弖流為の手を取り握手）そうです。烏帽子です。私の名は烏帽子。やっと思い出してくれましたね。

阿弖流為　……まんまかよ。

立烏帽子　え。

阿弖流為　いやいや。……そうだ、お前の名は烏帽子。今、思い出した。

立烏帽子　はい。……しかし、安心するのはまだ早い。

阿弖流為　まだ、なにかある？

立烏帽子　我らの偽者のことです。

阿弖流為　ああ。

立烏帽子　このまま、蝦夷の名を騙られてはあまりにも悔しい。

阿弖流為　確かにな。……都とは悲しいところだ。

立烏帽子　え。

阿弖流為　これだけ人が暮らしているのに、夜の闇はこんなにも深い。

立烏帽子　ええ。

阿弖流為　これだけ闇が深ければ、都の外には鬼が棲むと信じてしまうかもしれないなあ。

立烏帽子　鬼？

阿弖流為　この都の連中の噂話さ。奴らは蝦夷のことを〝北の鬼〟と思っている。

立烏帽子　……鬼ですか。（微笑む）面白い。いいでしょう。鬼の真似をする身の程知らずに、北の鬼の怖さ思い知らせてやりましょう。

阿弓流為　いや、それじゃ駄目だ。

立烏帽子　え。

阿弓流為　来い。俺に考えがある。

都の闇に向かい駆け出す二人。

――暗転――

第二景

田村麻呂の屋敷。
偽刀を摑んでずかずか歩く田村麻呂。相当怒っている。それを止める鈴鹿。

鈴鹿　田村麻呂様。
田村麻呂　離せ、鈴鹿。
鈴鹿　落ち着いて。どこへ行くつもりで。
田村麻呂　しれたこと。右大臣のところだ。人がせっかく捕まえた賊をなんでもう釈放しなきゃならないんだ。
鈴鹿　それはそうですが。
田村麻呂　お前だって危ない真似してまで、探ろうとした連中だ。悔しくないのか。
鈴鹿　そりゃ悔しいです。悔しいですけど。
田村麻呂　なら離せ。

鈴鹿　でも、今の勢いだと田村麻呂様、右大臣ぶん殴るでしょう。
田村麻呂　ああ、殴る。殴り倒すね、俺は。
鈴鹿　それはまずいでしょう、さすがに。
田村麻呂　まずいも何も、現場の事情をわからないお偉いさんには、そうやって目を覚まして
もらわないと。
鈴鹿　言ってること無茶苦茶です。

と、そこに紀布留部《きのふるべ》が立っている。

布留部　やあ。

ハッとする田村麻呂。

田村麻呂　う、右大臣。
鈴鹿　うだいじん!?
布留部　……殴り倒されたら、気絶してると思うなあ。目は覚ませないと思うなあ。
田村麻呂　いや、それは。
布留部　天下の坂上田村麻呂、怒らせると怖い怖い。

田村麻呂　ご冗談を。

と、そこにずらずらと女衆が現れる。全員笠をかぶっていて顔は見えない。
そして姿を見せる御霊御前《みたまごぜん》。

御霊　遅くなりました、布留部殿。
布留部　いえいえ。こちらが早く着きすぎた。
御霊　久しぶりですね、田村麻呂。
田村麻呂　姉上もご健勝そうで。
御霊　ありがとう。人間、心配事があると却って元気になるものですねえ。緊張感っても
のでしょうかしら。
田村麻呂　心配事ですか。
御霊　ええ。愚かな弟がいつも厄介事を引き起こす。
田村麻呂　あれ。姉思いで気持ちのいい良くできた弟だとこのあたりでは評判ですよ。
御霊　あなたの耳はくさりきってますね。
田村麻呂　ひどいなあ。
御霊　立烏帽子党探索は本来他の者のお役目。なぜお前がしゃしゃり出る。
田村麻呂　俺はただ、この都を護りたいだけです。

御霊　いいですか、田村麻呂。坂上家は元々今の帝と同じ高麗からの渡り人の血筋。古《いにしえ》より、大和《やまと》の国を一つにまとめ治めるという帝の宿願を支えるのが務めなのです。そのために自分が何をなすべきか考えなさい。

田村麻呂　だから都を襲う賊を退治したいのですよ。

御霊　それは余計なこと。

田村麻呂　都とそこに住まう民草も護れずして、帝の治世を護れるというのですか。

御霊　お前は何もわかっていない。

鈴鹿　さしでがましいようですが……。

御霊　さしでがましい。

鈴鹿　え。

御霊　全くもってさしでがましい。お前のような下郎が口を挟むことではない。

田村麻呂　あ、そういう言い方はないでしょ。いくら姉上だからってそれはあんまりだ。

御霊　その女のこともそうですよ、田村麻呂。最近いかがわしい女性《にょしょう》を屋敷に連れ込んで。もとは諸国流浪の踊り女と言うではないか。

鈴鹿　…………。

御霊　いったい何を考えてるんですか。

田村麻呂　そうですねえ。俺は結婚しようと思ってましたが。

鈴鹿・御霊　え。

御霊　お、お前たち。

鈴鹿　い、いや、今、私も初めて……。（急展開に狼狽している）

田村麻呂　なんか、順番が逆になっちまったなあ。なかなか言い出すきっかけがなくって。（胸につけていた飾りの勾玉を一つはずして）これ。（と、その勾玉を鈴鹿の指にはめる）

鈴鹿　あ、でも、そんな急に……。

田村麻呂　いやか。

鈴鹿　いやだなんて。でも、ほら、心の準備ってものが。

田村麻呂　じゃあ、十数えるから。その間に準備してくれ。

鈴鹿　そんな無茶な。

御霊　いいえ。許しません。許しませんよ。

と、そこまで三人の会話を隅の方で黙って聞いていた布留部が口を出す。

布留部　あのー、ちょっと宜しいかな。

その言葉に布留部がいたことに気づく三人。言葉を続ける布留部。

布留部　いや、ずーっと待ってたんだけど、事態はどんどんややこしい方向に転がっていってるし、それ以上揉めるんだったら、私、ここに自分の立ち位置バミって一旦帰りますから。

布留部　舞台稽古じゃないんですから。

田村麻呂　結婚するとかしないとか許すとか許さないとかそういうおめでたいんだかおめでたくないんだかよくわからない話の途中で割り込んで申し訳ないが、ちょっと頼みがありましてねえ。

布留部　頼み？

田村麻呂　北の国で戦《いくさ》が行われているのはご存じですね。

布留部　ええ。蝦夷とですね。

田村麻呂　帝のご威光でこの国全体を一つに纏めるために、やらなければならない聖戦です。

布留部　ただ、まあ、思いのほか奴らも手強い。

田村麻呂　そうですか。

布留部　全体としては勝ってるんでしょうけどねえ。なんだかあちこちにバラバラバラバラ部族がいて、あっち叩くとこっちからひょい、こっち叩くとあっちからひょい。勝ったんだか負けたんだか、なんだか気持ちの悪い戦が続いているそうです。

田村麻呂　なるほど。一つの国相手ならば、その拠点を攻めればいいのでしょうが。

布留部　しかも冬の山は雪で覆われ兵の移動も食料の補給も、なかなか思うようにはいかない。まあ、西の熊襲《くまそ》達を平定したときとは、どうも勝手が違うようです。

田村麻呂　雪ですか……。
布留部　帝もお怒りです。とりあえず私も一度は行かなくちゃならなくなっちゃった。蝦夷の国に。
田村麻呂　右大臣が自ら。
布留部　そう。この戦、始めるはたやすいが終わるのはほんとうに難しい。そこで相談なのですが、一緒にいきましょう。
田村麻呂　え。
布留部　なんなら征夷大将軍の位をおつけしてもいい。二人で行く雪の東北。いいですよー。露天風呂とか雪見酒とか。
田村麻呂　そういう問題じゃ。
布留部　ああ、今しがた婚約なさったばかりですしねえ。では。（と、耳に付けていた勾玉を取り、それを田村麻呂の指にはめて）はい、これでよし。
田村麻呂　よしって、そんな無茶な。
布留部　心の準備ですか。だったら、十数えるからその間に。
田村麻呂　人に言われて自分の無茶がよくわかった。
鈴鹿　でしょう。
御霊　田村麻呂。都を護りたいのなら北を治めるが何よりの手段。坂上家の男子の誇りはそこにこそある。

田村麻呂　そうでしょうか。
御霊　なに。
田村麻呂　どうも、俺にはそうは思えんのです。
布留部　おじけづきましたか。
田村麻呂　どうなんでしょうねえ。義はいいんです。人は義に生きる。そうだと思います。でも戦になるとそれが大義になる。義と大義、大という字がつくだけでどうも胡散臭くなる。
御霊　口がすぎますぞ、田村麻呂。
田村麻呂　なああ、あんたもそう思うだろう。そこで黙って座っているあんただよ。何者だい。姉上の連れにしちゃあ、気配が剣呑すぎるがねえ。

と、低く流れる女の笑い声。

御霊　なに。

と、それまで目立たぬように後ろに座っていた御霊御前のおつきの女性の一人が立ち上がる。
すっとかぶっていた笠をとる。立烏帽子だ。手にした刀を抜き、襲いかかる。

鈴鹿　あぶない！

襲いかかる立烏帽子から御霊を守る鈴鹿。

田村麻呂　下がれ、鈴鹿。

その鈴鹿と御霊をかばう田村麻呂。

立烏帽子　さすがは田村麻呂。よく気がついた。
田村麻呂　気づくようにわざと気配流してたんじゃないのか。でなきゃあそうやすやすと尻尾を出すような腕じゃない。
立烏帽子　はは、お見通しか。そろそろ出番かと思ってね。
田村麻呂　ただの女じゃねえな。何者だ。
立烏帽子　あなたがずっとお捜しだった者ですよ。
田村麻呂　まさか……。
立烏帽子　そう、私が本物の立烏帽子。初めてお目もじつかまつる。
田村麻呂　しかし、なんでここに。

立烏帽子　私の手下を捕まえたと聞き、どんな面構えかと見に来たが、さすがにいい男。女ばかりではなく男にももてるとは。
田村麻呂　それはものすごく不本意なんだよ、俺は。
布留部　あれ。
御霊　ええい、誰か。誰かある。

その言葉に応じて出てくる二人の武士。飛連通《ひれんつう》と翔 連通《しょうれんつう》だ。
同時に逃げる他の女達。
飛連通、御霊達を守り、翔連通、田村麻呂とともに立烏帽子に襲いかかる。その動きすばやい。

御霊　おお、お前たち。
飛連通　ご無事ですか、御前。
翔連通　ここは我らにおまかせを。
立烏帽子　新手か。
飛連通　知恵の飛連通。
翔連通　技の翔連通。
御霊　この坂上家を守る二本刀《にほんがたな》よ。お前たちがいてくれれば心強い。

飛連通　女一人でこの屋敷に忍び込むとはいい度胸だな。さすがは噂の立烏帽子党首領。
立烏帽子　その女一人に男が三人がかりですか。大和の男らしいやり方だ。いつも数を頼みとする。
田村麻呂　さがれ、二人とも。ここは俺一人で充分。
飛連通　そうはいきませぬ。これは千載一遇の機会。蝦夷の者を捕らえれば、あちらの様子もきけるはず。
田村麻呂　なんだ。お前らまで行く気かよ。
翔連通　東征は武士の誉かと。
田村麻呂　ふん。どいつもこいつも。
飛連通　時の流れを読み主に進言するも、この飛連通の務め。
田村麻呂　でも、時と場合を考えろ。今はそんなこと言ってる状況じゃねえ。
飛連通　なるほど。
立烏帽子　今日のところは挨拶代わり。ではまたいずれ。

と、とっとと逃げ去る立烏帽子。

田村麻呂　おい、こら、待て。

ついていこうとする鈴鹿。

田村麻呂　（鈴鹿をとめる）お前はここにいろ。

鈴鹿　でも。

田村麻呂　危ない真似はもういい。

追いかける田村麻呂と飛連通・翔連通。

鈴鹿　田村麻呂様、お気をつけて！

布留部　お気をつけて、田村麻呂！

と、ダッシュで戻ってくる田村麻呂。布留部に指にはめられた勾玉を返すと、再び賊の後を追い駆け去る。

残る鈴鹿、御霊、布留部。

二人のねちこい視線に気づく鈴鹿。

鈴鹿　……しまった。このメンツはかなり気まずい。

御霊　……鈴鹿と言いましたね。

鈴鹿　……は、はい。
御霊　あなた、何者です。
鈴鹿　え。
御霊　何が目的で田村麻呂に近づいた。
鈴鹿　目的ってそんな……。

と、女衆の一人が木箱を持ってくる。
その箱を見て顔色が変わる鈴鹿。

御霊　どうやら見覚えがあるようですね。
鈴鹿　いえ。
御霊　とぼけますか。では。

と、女衆に中を開けさせる。出てきたのは、蝦夷風の服と小箱。

鈴鹿　あ……。
御霊　あなたの住まいの近くに埋めてあったものです。この紋様。大和《やまと》のものではありませんね。

布留部　素直に認めた方がいい。この御前は帝の寵愛深き御霊様。踊り女の謀《はかりごと》くらい見抜けないお方ではない。

鈴鹿　謀だなんてそんな。私はただ、昔が捨てたかっただけです。（田村麻呂がはめてくれた指飾りの勾玉をはずし御霊に差し出す）これ、お返しします。

御霊　ほう。

鈴鹿　結婚などというだいそれたことは考えておりません。踊り女の鈴鹿は、ただ田村麻呂様にお仕えし、あの方のお役に立てればそれでいい。

御霊　（その勾玉を受け取る）……今すぐこの都を立ち去れ。

鈴鹿　え。

御霊　弟のそばにいることは許されぬ。

鈴鹿　ただ、ただお仕えするだけです。

御霊　だめだ。

鈴鹿　なぜ。

御霊　お前は田村麻呂に災いをもたらす。

鈴鹿　そんな。

御霊　去れ。

と、小箱が細かく振動し始める。

鈴鹿　いやです！

鈴鹿がその言葉を吐いた瞬間、御霊の手の中の勾玉が破裂する。悲鳴を上げる御霊。

女衆　御霊様！
鈴鹿　大丈夫ですか。

鈴鹿も御霊に駆け寄る。

御霊　……大したことはない。
鈴鹿　でも。
布留部　ふうむ。……いかがでしょう、この鈴鹿とやら、私にまかせてはもらえませぬか。
御霊　右大臣……。
布留部　この都はまだ若い。この国もまだ若い。今の帝にはこのような女性《にょしょう》も必要かと。
御霊　…………なるほど。
鈴鹿　……それはどういうことでしょうか。
布留部　案ずるな。少しの間、御所にあがってもらう。

鈴鹿　御所に。私が。

布留部　田村麻呂殿のためになることですよ。

鈴鹿　ほんとですか。

布留部　私は嘘をついたことがない。

首をひねっている御霊。

御霊　……布留部殿が嘘つきかどうかはともかく、このまま都を追放か、帝にお仕えするか。考える余地はないと思いますが。

鈴鹿　……はい。

小箱や荷物をとりまとめる鈴鹿。

布留部　いいでしょう。御霊様、ご案内宜しいか。

御霊　布留部殿は。

布留部　先ほどの賊の行方も気になります。のちほど御所で。

微笑む布留部。

不安そうな鈴鹿。
その彼女を冷たく見つめる御霊。

——暗転——

第三景

無碍随鏡《むげのずいきょう》邸。座敷にいる随鏡。
入ってくる二人の男達。阿久津高麻呂《あくつのたかまろ》、大伴糠持《おおとものぬかもち》だ。それぞれ偽立烏帽子党の覆面男1、2である。

高麻呂　随鏡様。ご心配をおかけしました。
糠持　申し訳ありません。
随鏡　よいよい。しょせん、坂上の跳ね返りの小僧の暴走よ。
高麻呂　まったく、あの男ときたら。
糠持　すべて随鏡様のお知恵ともしらず、差し出がましい真似を。
随鏡　言うな言うな。いくら一人で張り切ろうと、あんな若僧にはどうすることもできんわ。よしんば捕らえられても、すぐに解き放てる。この大臣禅師を信じろ。

高麻呂　そりゃあもう。
糠持　蝦夷に化けて随鏡様に逆らう連中を襲って金を奪う。都の連中の蝦夷憎しの気分は高まる、随鏡様の懐は潤う。一石二鳥とはこのことですね。
随鏡　こらこら、人聞きの悪い。儂は私利私欲で動いているわけじゃない。すべては帝の大望、大和の国統一のためよ。
高麻呂　と、いう名目で。
随鏡　ん？　ぬほほほほ。

全員高笑い。

高麻呂　なんか俺達、典型的な悪役ですね。
随鏡　ん？　ぬほほほほ。

またまた全員高笑い。
と、そこに男の声。

声　わひとを　ひたり　ももなひと　ひとはいえども　たむかいもせず……。
高麻呂　あ、あの声は。

糠持　まさか。

と、闇に一条の光。
すっくとたつ阿弖流為。手に両刃剣。

阿弖流為　そのまさかだよ。
高麻呂　で、出た。
随鏡　奇っ怪な歌を詠《うた》いおって。
阿弖流為　お前たちのような者におくる歌だ。
随鏡　なんだと。
阿弖流為　大和《やまと》の者は百人力と人は噂するが、いざ手合わせすると、手向かいすらできない。ざっと、そんな意味かな。
随鏡　な、何を偉そうに。貴様、何奴。
阿弖流為　北の狼。
随鏡　北の狼ぃ。
阿弖流為　覚えておけ。貴様ら典型的な悪役を懲らしめる、典型的な二枚目だ。
随鏡　ぬぬぬ、勝手なことを。
阿弖流為　蝦夷に化けて都の人々に恐怖を植え付け、あまつさえ、罪なき人を惨殺し私腹を肥やす無碍随鏡《むげのずいきょう》。その一味、阿久津高麻呂《あくつのたかまろ》、大伴糠持《おおとものぬかもち》。天が見逃そうと、この狼の牙からは逃れられぬぞ。

剣を抜く阿弖流為。

随鏡 ええい、気持ちよさそうに見得きりおって。そっちがその気なら、こちらだって並の悪党ではないぞ。お前達。

子飼いの武士達が現れる。

随鏡 やってしまえ。

高麻呂、糠持を先頭に襲いかかる部下達。
阿弖流為と彼らの戦い。武士達をさばいて、高麻呂、糠持を追いつめる阿弖流為。

阿弖流為 終わりだな。

随鏡 ち、違う。これは儂の考えではない。

阿弖流為 なに。

随鏡　帝の、朝廷のお考えなのだ。戦を進めやすくするため、都の民達に蝦夷とは恐ろしい存在だと思いこませるため。
阿弓流為　……ぬしら、そこまで。
随鏡　集めた金も、出兵のために使う。
阿弓流為　出兵の？
随鏡　そうだ。本気で蝦夷制圧にかかる。万という兵が北に向かう。
阿弓流為　なんだと。
随鏡　これもみな、帝のためじゃ。だから見逃してくれい。
阿弓流為　奪った金銀はどこに隠した。いえ。（と、刀をつきつける）
糠持　ち、地下です。この屋敷の下に。
高麻呂　なんなら運び出してお手元に。
随鏡　だから、命だけは。
三人　命だけは、おたすけを～。
阿弓流為　……最低だな、お前たち。
三人　ふっふっふ。ふっふっふ。はーっはっはっは！
随鏡　言ったはずだ。儂ら、並の悪党ではない！
高麻呂　腕もない！
糠持　見栄もない！

随鏡　プライドもない！
三人　いわば並以下、むしろ最低！（と、三人で土下座）だから、お許しを〜。

そのすがすがしいまでの情けなさに、やるせない阿弖流為。
と、そこに駆け込んでくる立烏帽子。

立烏帽子　随鏡さまー、随鏡さまー！
随鏡　な、なに？
立烏帽子　随鏡様。お逃げください。田村麻呂達が追ってきております。
随鏡　た、田村麻呂が！……って、あんた、誰!?
立烏帽子　そんなことを言っているときではない。早く逃げないと……。

と現れる田村麻呂、飛連通、翔連通。

田村麻呂　見つけたぞ、立烏帽子。
随鏡　た、立烏帽子!?
立烏帽子　しまった、追いつかれたか。
田村麻呂　いやあ、はええはええ。あやうく見失うかと思ったたぜ。

随鏡　た、田村麻呂。（と、顔を隠す）
立烏帽子　いけない。さあ、早くお逃げくださいい、大臣禅師の無碍随鏡様！（と、より大声でいう）
阿弖流為　そうはいかん、逃がさんぞ、随鏡。（と、こちらも大声で言う）
田村麻呂　（阿弖流為を見て）やっぱり、また逢ったな。
阿弖流為　立烏帽子党の正体、見抜いたか。さすがは都の虎だ。
飛連通　田村麻呂様。あれは無碍随鏡殿。
田村麻呂　確かにな、それよりもその横にいる連中の方が気になるが。なあ、あんた達。どこかで見た顔だが。（と、高麻呂と糠持に声をかける）
糠持　おお、そなたは坂上殿。確か宮中で。
田村麻呂　いや、違うなあ。夜中に都のはずれで。
阿弖流為　大伴糠持、阿久津高麻呂。二人とも先日おぬしが捕まえた夜盗だ。裏で糸を引いていたのが、この生臭坊主。
田村麻呂　なるほど。筋は通るな。
随鏡　な、何を言う、田村麻呂殿。儂らは何にもしらんのだ。こいつらが勝手に……。
立烏帽子　（と、叫ぶ随鏡にかぶせるように）ええい、ばれてしまっては仕方がない。いかがなさいます、随鏡様。
随鏡　え。

立烏帽子　（勝手にうなずき）は。こうなれば全員殺して口封じ。さすがは随鏡様、おそろしいことを考える。が、それもやむなし。
随鏡　いや、そんなことは。
立烏帽子　ええい、随鏡様のお言葉だ。かかれかかれお前たち。

随鏡子飼いの武士達、何が何やらおろおろしている。

立烏帽子　（小声で阿弖流為に問う）奪った金は？
阿弖流為　（小声で答える）地下だ、地下。
立烏帽子　（うなずき大声で）いいか、皆の者。地下にはやるなよ。田村麻呂一党を断じて地下にはやらせてはならん。地下の秘密は守るのだ。
翔連通　田村麻呂様。
田村麻呂　頼む。

右往左往する武士をかいくぐり、駆け去る翔連通。
そのあとを追おうとする高麻呂と糠持の前に立ちふさがる阿弖流為。
高麻呂達、それ以上進めない。
戻ってくる翔連通。

田村麻呂　どうだ。
翔連通　確かに、地下の穴蔵に膨大な財宝が。
飛連通　間違いありませんな。
田村麻呂　ゆっくり話をきかせてもらいましょうか、随鏡殿。
随鏡　くそう、こうなればやけくそだ。かかれ、お前たち。

田村麻呂達に襲いかかる武士達。
それを倒す田村麻呂、飛連通、翔連通。
随鏡を取り押さえる飛連通。

飛連通　おとなしくなされ、大臣禅師。
随鏡　くそー。
立烏帽子　おのれー、覚えておれよ。（と、逃げ出す）
飛連通　あ、女が！
阿弖流為　奴は俺にまかせろ。そこな悪人頼んだぞ、都の虎。
田村麻呂　まかせておけ、北の狼。
阿弖流為　待てや、立烏帽子〜。

と、芝居がかって退場の阿弖流為。

飛連通　いいのですか。

逃げる立烏帽子を追おうとする飛連通を押さえ田村麻呂。

田村麻呂　飛連通、やめとけ。
飛連通　でも……。
田村麻呂　こいつらの詮議が先だ。大臣禅師、無碍随鏡。これだけの大物をとっつかまえたんだ。忙しくなるぞ、これから。

と、そこに現れる布留部。

随鏡　（すがるように）右大臣！
田村麻呂　よくここが……。
布留部　驚きましたな。随鏡殿が蝦夷の名を騙るとは、なんと悪辣な……。
随鏡　そんな、それは……。

布留部　（その随鏡の口を指でふさぎ）おだまりなさい。お主の裁きも全ては帝が決めること。往生際は美しい方がいい。

随鏡　…………。（黙る）

布留部　お手柄ですよ、田村麻呂殿。これで、立烏帽子党の騒ぎは一段落つくでしょう。

田村麻呂　だと、いいのですが。

布留部　さあ。これで心おきなく二人で北へ。（と、田村麻呂の手を取る）

田村麻呂　やめてくださいってば。

布留部の手をふりほどき、阿弖流為達が去った方を見ている田村麻呂。

飛連通　どうされました。

田村麻呂　いや、何でもない。

彼らを闇が包む。

☆

翌朝。まだ夜が明け切らぬ頃。

都のはずれ。

旅装束の立烏帽子が待っている。

同じく旅の準備をした阿弖流為が現れる。

立烏帽子　いかがでした。

阿弖流為　随鏡の処置で内裏は大騒ぎだ。一晩では収まりそうにないな。

立烏帽子　では。

阿弖流為　ああ。思いのほかあの男が頑張っている。奴らの仕業はすべて明かされるだろう。

立烏帽子　あの男？

阿弖流為　都の虎、とかいう。

立烏帽子　ああ。……では、蝦夷への汚名も。

阿弖流為　さて、それはどうかな。

立烏帽子　え。

阿弖流為　しょせん、蝦夷は敵国の民だ。恐ろしく従わずまつろわぬ者達という、この都の連中の思いに変わりはない。

立烏帽子　……そうですね。

阿弖流為　……奴らの企みを暴いて気づいたよ。偽立烏帽子党の征伐などはほんの気休めだ。大和の、この都の人間達が、蝦夷をそういう目で見ている限り、俺達は戦うしかない……。

立烏帽子　では……。

阿弖流為　俺でも、この呪われた身でも、仲間の役に立つだろうか。
立烏帽子　たちますとも。阿弖流為様なら必ず。
阿弖流為　そうあってほしいものだ。

うなずく立烏帽子。
阿弖流為も歩き出そうとする。
と、彼らの前に現れる田村麻呂。

田村麻呂　よう。
阿弖流為　……お前。
田村麻呂　そうか。お前も蝦夷だったたか。
阿弖流為　まあ、な。
田村麻呂　見事に一杯食わされたってとこか。（立烏帽子に）まあ、あんたが立烏帽子党の頭目だったってことは本当だったみたいだがな。
立烏帽子　……それがどうした。
田村麻呂　待て待て。そう殺気立つな。仮にも、お前さん達のおかげで、悪党の尻尾は捕まえられたんだ。今、あんたらをどうにかしようって腹はないよ。
立烏帽子　どうだか。

阿弖流為　こちらの企みはお見通しか。
田村麻呂　バカじゃないぞ、こう見えても。
阿弖流為　だから、託したんだ。
田村麻呂　へえ。
阿弖流為　なんだ。
田村麻呂　見込まれたもんだと思ってさ。
阿弖流為　それだけこの都には人がいないということだよ。
田村麻呂　言うねえ。……でもなあ、ひとつわからない。なんで、あんな芝居をうった。
阿弖流為　ん。
田村麻呂　俺がお前なら、随鏡達しめあげて終わりだ。それをわざわざなんで俺に捕まえさせた。そんな手間かける理由がどうにもわからない。
阿弖流為　大和のことは大和が裁け。俺達蝦夷が手を出すことではない。
田村麻呂　ほう。
阿弖流為　それに、蝦夷が貴族を殺したとなれば、都の人々はまた一段と北の民をおそれる。俺が怖いのは、そのおそれる心だ。恐怖はすぐに敵意にかわる。
田村麻呂　なるほど。……惜しいなあ。なんで、あんた蝦夷なんだ。
阿弖流為　だったら、なんでお前は大和だ。
田村麻呂　そりゃそうか。

阿弖流為　そういうことだ。では。

阿弖流為、立烏帽子を連れて歩き出す。その背中に声をかける田村麻呂。

田村麻呂　おい。

立ち止まる阿弖流為。立烏帽子、先に行く。

田村麻呂　……次に逢うときは、戦場《いくさば》かな。
阿弖流為　もしその時は……。
田村麻呂　その時は？
阿弖流為　死力を尽くすさ。
田村麻呂　……まいったなあ。俺も武士ってことか。
阿弖流為　…………。
田村麻呂　……わくわくしちまった。……義でも大義でもねえ。こいつは、血だな。
阿弖流為　その血が流れているのは、大和の男ばかりとは限らない。

田村麻呂を見る阿弖流為。

阿弖流為を見る田村麻呂。

阿弖流為　……阿弖流為だ。俺の名は阿弖流為。
田村麻呂　坂上田村麻呂だ。覚えておこう、蝦夷に阿弖流為あり。
阿弖流為　大和に田村麻呂あり。……では、いずれ。
田村麻呂　ああ、いずれ。

自分たちの運命を決意するかのように力強く、二人、別々の方向へと立ち去る。

☆

宮中。
引きずり出される随鏡。
中央に帝の玉座。が、そこは御簾がかかり向こうは見えない。
その横に立つ布留部と御霊御前。

随鏡　いやあ、助かりましたぞ、布留部殿。あそこであなたに来ていただかなければ、この随鏡、あの野蛮人どもになぶり殺しにされるところだった。
布留部　いえいえ。
随鏡　で、いかが致す、このあとは。偽立烏帽子党を続けるわけにもいかんでしょう。

布留部　確かに。
随鏡　あなたのことだ。また新しいお考えをお持ちかと。儂も及ばすながら力になりますぞ。すべては帝のため。この日の国統一のため。
御霊　道を誤られましたなあ、随鏡殿。
随鏡　……え。
御霊　仮にも大臣禅師ともあろうお方が、蝦夷の名を借りて盗賊とは。この御霊、あきれ果てて言葉もございません。
随鏡　……何をおっしゃられているのか……。
御霊　帝もたいへんお腹立ちです。
随鏡　いや、しかし……。これはお二方が儂に……。
布留部　さてさて、その軽いお口が「道を誤った」という原因。まだ気づかれぬとはつくづく悲しいお方。

ぬらりと現れる闇器《あんき》。

随鏡　え。

闇器、随鏡を一撃で斬る。息絶える随鏡。

布留部　ご苦労、闇器。
闇器　（随鏡を見て）こやつは。
布留部　適当にうち捨ててしまいなさい。
闇器　は。

随鏡の遺骸を持ち去る闇器。

御霊　……さすがは布留部殿。怖い男がついていますね。

と、御簾の向こうに座した人影が浮かび上がる。平伏する御霊と布留部。
人の声のような音楽のような奇怪な音が響く。これが〝帝〟の玉声か。人影は光となり、消える。

御霊　……帝は、北の制圧に時間がかかりすぎていると、お怒りです。
布留部　この紀布留部、我が身に変えて蝦夷制圧を。
御霊　ご安心ください、帝。この都は何人《なんびと》に侵されることもありません。私たちが、帝をお慕いする女達が、帝の玉体《ぎょくたい》を、この玉都《ぎょくと》を護っておりまする。

御霊の声に、帝の周りの御簾があがる。
そこには水晶体の三角錐に閉じこめられ立ったまま手を組み祈るような姿で眠る女達の姿が現れる。

御霊 乙女の聖なる力が御柱《みはしら》となりて、この都に恒久しき平穏を、永久《とわ》に平らかに安らかなる帝の世を与えましょうぞ。

御霊付きの武士が、鈴鹿をつれてくる。

御霊 おお、よう来た、鈴鹿。
鈴鹿 御前様。ここは……。
布留部 案ずることはありません。ここが御所。お前はここで霊鎮《たましず》めの人柱となるのです。
鈴鹿 え。でも、それでは。田村麻呂様には。
御霊 都の平和こそが田村麻呂のお役目。お前の力がそれを支えるのです。
鈴鹿 では、いつ、いつ、いつ会えるのですか、あの方に。
布留部 ご安心なさい、いつでも会えますよ。
鈴鹿 いつでも?

御霊　……祈れば、お前の心の中で、いつでも。

鈴鹿、顔色が変わる。騙されたことに気づく。武士の手をふりほどこうとするが無理。開いていた三角錐を中央に持ってくる武士達。

鈴鹿　……な、何を……。

御霊　鈴鹿。あなたが田村麻呂を愛しいと思うように、あなたが田村麻呂のためならば我が身を捨てても尽くしたいと思うように、私にもいるのですよ、そういうお方が。え。

鈴鹿　

御霊　そのお方の夢をかなえるためならば、私はどうなってもよい。なんと誹《そし》られようとかまいはしない。あなたもわかるでしょう、その想い。

鈴鹿　それは……。

優しく微笑む御霊御前。

御霊　恨むなら恨みなさい。あなたの恨みが私を強くする。この都を強くする。

鈴鹿をその三角錐に閉じこめる武士達。

鈴鹿、叫んでいるがその声は聞こえない。

布留部　騒ぐな騒ぐな。すぐに慣れる。

妖しく微笑む布留部と御霊。
やがてすべては闇に溶ける。

――暗転――

第四景

雪の山。吹雪。

逃げまどう立烏帽子。

白い動物の髑髏に白い毛皮をまとった人とも獣ともつかぬ〝もの〟が襲いかかる。その眼窩には赤い光。

駆けつける阿弖流為。

阿弖流為　烏帽子！　大丈夫か！

手にした刀で〝もの〟を倒す阿弖流為。

うずくまる〝もの〟。阿弖流為、近寄り、毛皮を引き剝がす。中には何もない。赤い目玉の髑髏と白い毛皮が残るのみ。

阿弖流為　これは……。

その髑髏から赤い玉が二つ転がり出る。
〝もの〟の目玉だったものだ。
拾い上げる阿弖流為。
と、光の中に母霊《モレ》族の阿毛斗《アケト》、阿毛留《アケル》、阿毛志《アケシ》の三人が浮かび上がる。それぞれ巫女の仮面をつけている。
彼と三人だけが光の輪の中にいる。

阿毛斗　おお、それは荒覇吐の神の化身。

阿毛志　殺した殺した。

阿毛留　蝦夷の長《おさ》の息子、阿弖流為が、神の化身の白マシラを殺した。

阿毛留と阿毛志が髑髏と毛皮を奪い取る。

阿弖流為　違う、待ってくれ。

阿毛志　去れ。荒吐《あらばき》の山から。さもないと呪われるぞ。

阿毛留　阿弖流為だけではない。蝦夷の一族すべて。荒覇吐《あらはばき》の神は蝦夷を見捨てるぞ！

阿毛斗　その紅玉は神の魂。持つ者は無敵の力を手に入れるが、しかし、この地にも災いを及ぼすだろう。さあ、疾《と》く去れ！　この地より永遠に!!
三人　去れ、阿弖流為!!
阿弖流為　違う。待て。待て。待ってくれ！

が、母霊族の三人は闇に溶ける。
阿弖流為の手の中には赤い玉が残るのみ。
そして辺りは明るくなる。
そこは廃墟。元は蝦夷の里。
呆然としている阿弖流為。

阿弖流為　こんなにも荒れ果てて……。これが、俺の故郷だと……。ばかな。

立烏帽子が現れる。

立烏帽子　……やはり戦の火はここまで……。遅かったか。行きましょう、これ以上ここにいても無駄です。他の村の様子を……。
阿弖流為　いや、待て。

阿弖流為、何かの気配に気づいたように、物陰に引っ込むと、気絶した女を抱きかかえてくる。薊《あざみ》である。その服も得物も中国大陸の影響があるのか、どこか異民族のにおいがする。ちなみにこれ以降登場する他の蝦夷達も同様である。

阿弖流為　水を。

立烏帽子、竹筒を阿弖流為に渡す。
竹筒の水を薊に飲ませる阿弖流為。
意識を取り戻す薊。

阿弖流為　おお、気がついたか。薊。
薊　……お前は、阿弖流為！
阿弖流為　そうだ。阿弖流為だ。戻ってきたぞ。
薊　……なぜ、お前が。神の呪いは……。
阿弖流為　それは今はいい。父上はどうした。
薊　亡くなられたよ。三年前に。
阿弖流為　なに。

薊　帝人軍《みかど》が攻め入るのをくい止めようと、彼らのもとに話し合いに行き、そこで殺された。

阿弖流為　父上が……。

薊　それからは私のとうさまが、長《おさ》をつとめている。

阿弖流為　そうか。大嶽《おおたけ》叔父が。叔父上やみんなは。

薊　帝人軍の総攻撃があった。みんな必死で抵抗したんだけど……。

阿弖流為　まさか、みんな。

薊　わからない。私だけはなんとか隙をついて逃げ出してきたが……。

立烏帽子　阿弖流為。

と、立烏帽子の声で振り向く阿弖流為。
そこに蛮甲《バンコウ》が立っている。
大陸風ではあるが蝦夷とも異なる風体。内陸のモンゴル風。
阿弖流為をにらむ蛮甲。蛮甲をにらむ阿弖流為。息をのみ二人を見る立烏帽子と薊。
理不尽な緊張感。
ゆっくりと近づく二人の男。

阿弖流為　あっちむいてホイ！

阿弖流為が指をさす。その方向に顔を向ける蛮甲。阿弖流為、蛮甲の顔にパンチ。

蛮甲　あっちむいてホイ！

蛮甲が指さす。阿弖流為、その方を向く。が、それでも阿弖流為が蛮甲にパンチ。
二人同時に微笑むと、ガシッと手を握る。
笑顔で抱き合う二人。

蛮甲　よく帰ってきた、阿弖流為。
阿弖流為　お前も変わってないなあ。
立烏帽子　……変わった友情の確かめ方だな。
阿弖流為　それが北の男。
立烏帽子　ほんとかい。
蛮甲　俺も蓏を捜してたんだが、まさかお前にあえるとはな。
阿弖流為　他のみんなは。
蛮甲　ダメだ。胆沢《いさわ》の城に連れて行かれた。（蓏に）お前だけでも無事でよかったよ。
蓏　じゃ、とうさま達はまだ生きてるの。

蛮甲　ああ。時間の問題だろうがな。なんとか救い出したかったんだが、すまん。
阿弖流為　……胆沢城とか言ったな。胆沢の砦に作ってるのか。
薊　ええ。蝦夷の砦を奪ってそこに奴らの本拠地を。
阿弖流為　どのくらい前に？
薊　半年ほどかな。
阿弖流為　なるほど。好都合だ。
薊　え。
阿弖流為　他の仲間も救い出す。
立烏帽子　無茶だ。
阿弖流為　では、なんのために俺は戻ってきた。
立烏帽子　それは。しかし、いきなりは……。
阿弖流為　胆沢の砦には何度か行ったことがある。たとえ作り直したとしても、半年じゃたかがしれてる。潜り込める道はあるよ。蛮甲。阿毛斗様に取り次いでくれないか。
薊　母霊族に助けを乞うのか。
阿弖流為　ああ。
蛮甲　しかし、それは……。
阿弖流為　俺がもう一度、この北の地で生きる限りは一度は会っておかねばならないお方だ。頼む。

そこに女の声。阿毛斗の声だ。

阿毛斗 その必要はない。

現れる阿毛斗。横には阿毛志と阿毛留もいる。それぞれモンゴル風の姿。先ほどの巫女の仮面ははずしている。

三人は背に亀の甲羅を背負っている。

阿毛斗 なぜ、戻ってきた。呪われた蝦夷の子よ。

阿弖流為 ……阿毛斗様。

蓟 なぜここに。

阿毛斗 占いに出たのよ。北の民の運命を変える蝦夷の男が戻ってきたと。

阿弖流為 占い。

蓟 おお、母霊族の亀甲占いが。

阿毛志 その通り。これぞ、古《いにしえ》の昔より伝わる神亀《かみがめ》の甲羅。（と、阿毛斗の背の甲羅を見せる）

阿毛斗 おおおー、泣いておる、泣いておるぞー。神の甲羅が〜。

三人の母霊の女に神亀が宿る。

三人　カーメカメ、カーメカメカメ。
阿毛斗　神亀の上にー。（と四つん這いになる）
阿毛志　子亀を乗せてー。（阿毛斗の上に乗る）
阿毛斗　子亀の上にー。
阿毛留　孫亀乗せてー。（二人の上に乗る）
阿毛斗　（苦しそう）神亀こけたら、（倒れる）
三人　みなこけたー。

転がる阿毛志、阿毛留。手足をじたばたさせている。

阿毛斗　（その様子を見て）卦は凶！　不吉じゃ～。
阿弖流為　……こんなもので、一族の行方を占ってたのか……。
立烏帽子　どうでしょ。
阿毛斗　んっふっふ。安心しろ。今のはでもんすとれーしょん。祭りの余興用のネタだ。
阿弖流為　営業もしとるんか。
阿毛斗　んが、お前との話はあとだ。こりゃ、蛮甲。

蛮甲　……いけね。

阿毛斗　逃げるんじゃない。我ら母霊族は、荒覇吐《あらはばき》の神を祀り荒吐《あらばき》の山を守るのが定めのはず。

阿毛留　なのに何でそうやって、いちいち里の蝦夷にちょっかい出すかなあ。

阿毛志　その通り。お前が薊に横恋慕してるのは、よーくわかるが、既に決められたいいなずけがいるでしょうも。

蛮甲　誰だよ、いいなずけって。

阿毛斗　儂じゃよ。

蛮甲　…………（無視する）。

阿毛斗　聞こえなかったかな。儂じゃよ。

蛮甲　そ、そんな、いつの間に。誰がきめたんすか、そんなこと。

阿毛斗　それも、儂じゃよ。

蛮甲　いやだよ。自分のこと儂なんて言ういいなずけは。

阿毛斗　何をぬかす。貴様が一族の掟を破ってそうやって他の部族に色目使うから、儂が泣く泣くこの清い身体を捧げようと……。

蛮甲　清いって、あんた、そんなでっかい子供がいるじゃないか。

手をあげる阿毛留と阿毛志。

阿毛志　母霊族の長、阿毛斗の祝福されし双子の一人、阿毛志。
阿毛留　同じく阿毛留。
二人　よろしく、ぱぱ〜ん。
蛮甲　やめろってば。
立烏帽子　双子なの？
阿毛留　なに。
立烏帽子　全然似てないから。
阿毛斗　そりゃそうだ。二人とも父親が違う。
蛮甲　そういうの双子っていうのかよ。だいたい、あんた、いくつだよ。
阿毛斗　き〜く〜な〜。そ〜れ〜だ〜け〜は、き〜く〜な〜。
阿毛志　あー、言ってはいけないことを。これも、母霊族の巫女の呪力を守るための儀式。
阿毛留　かあさまは若い男の協力を得て、この美貌を保っているのだ。
蛮甲　美貌？　貧乏の間違いじゃねえのか。
阿毛斗　い〜う〜な〜。そ〜れ〜だ〜け〜は〜、い〜う〜な〜。（と、蛮甲ににじりよる）
蛮甲　こわいよ。
阿毛斗　（しなをつくり）蛮甲、次はお前よ〜ん。（独白）あんまり、若くはないけど、背に腹はかえられない。

蛮甲　うるせえよ。なんで、そこまで言われて。だいたい、縦にも横にも俺は薊一筋。なあ。

薊　いや、私は別に。

蛮甲　え。

薊　女を逃げ場所にしないで、あなたはあなたの人生を戦って。

蛮甲　阿弖流為〜。（とすがる目）

阿弖流為　がんばれよ。

蛮甲　くそ〜。（と、立烏帽子にすがろうとして）……どなたでしたっけ？

阿弖流為　鳥帽子だよ。

蛮甲　鳥帽子？

阿弖流為　ああ、俺と一緒に蝦夷の里を追放された。

蛮甲　ああ、あんたがあの時の。

阿弖流為　蛮甲だ。里は違うが、幼い頃から一緒に遊んでた。

蛮甲　よろしくな。

阿弖流為　さて、そちらの話にけりがついたところで……。

蛮甲　おい。

阿毛斗　おお。さりげない人物紹介コーナーが終わったところで。

蛮甲　棚上げかよ、俺のことは。

阿弖流為　北の民の守護神荒覇吐を祀る母霊族の誇り高き巫女、阿毛斗。そしてその聖なる双子、阿毛留と阿毛志よ。蝦夷族の前長《まえおさ》の長男、阿弖流為が願いを聞きたまえ。

阿毛斗　愚かな。呪われた男の言葉を聞くと思うか。

阿弖流為　ならば問う。神の呪いとは何だ。

阿毛斗　なに。

阿弖流為　確かに俺は荒覇吐神の使いを殺した。しかし、それはここにいる烏帽子を守るためだ。

阿毛斗　それは、そこな女が神の領域を侵したため。入ってはならぬ山に立ち入ったため。

阿弖流為　そうとは知らなかった。たまたま迷い込んだのだ。あのままでは烏帽子は白き獣に食われていた。人の命を守るためだ。

阿毛斗　山の掟だ。言い訳にはならぬ。

阿弖流為　だったらこれを見ろ。里は焼かれ山は荒らされ、荒覇吐の領域と荒覇吐を信じる者達を失い、なぜ神は怒らぬ。帝人軍を追放せぬ。

阿毛志　言葉が過ぎるぞ。阿弖流為。

阿弖流為　つらいのは我ら蝦夷だ。この山に生きる者だ。……母霊族の誇り高き巫女にお願いしたい。我が言葉、荒覇吐の神に伝えたまえ。

阿毛斗　なに。

阿弖流為　今は怒りを鎮め共に戦かわん。この阿弖流為に力を貸して、野と山と北の民を護り

阿毛斗　賜え。帝人、見事うち払いしその時は……。うち払いし時は。

阿弖流為　この身が八つに引き裂かれ、荒覇吐の神に魂を捧げようとも悔いはない。

立烏帽子　それは……。

阿弖流為　いいんだ、烏帽子。呪われた男だ。このくらいの願を立てねば故郷の土は踏めないよ。

阿毛斗　……………。

蛮甲　阿毛斗様よ。もう、いいんじゃねえか。

阿毛斗　え。

蛮甲　こんな状況で、神の呪いも何もあったもんじゃねえよ。蝦夷が倒れれば、俺達母霊だってどうなるかわからないんだぞ。

阿毛留　それは……。

阿毛志　でも……。

蛮甲　戦うって奴がいるんだ。俺はそいつを手助けするぜ。

阿弖流為　……蛮甲。

蛮甲　胆沢城の様子なら、さっき見てきた。何とか忍び込めるさ。でも、あんまりのんびりしちゃいられねえな。

阿弖流為　（薊と立烏帽子に）お前たちはここにいろ。

蛮甲　いや、けが人もいる。助け出すには少しでも手が欲しい。
薊　阿弖流為。あたしは行くよ。お前が前長の息子なら、私は今の長の娘だ。
立烏帽子　私も。そのために戻ってきたのでしょう。

阿弖流為、うなずくと駆け出す。後に続く薊と立烏帽子。
蛮甲、阿毛斗達をチラリと見るが、その後に続いて駆け出す。
その蛮甲をじっと見ている阿毛斗。

阿毛留　お前たち、勝手に動くな。
阿毛斗　もういいよ
阿毛志　……かあさま。
阿毛斗　たいした覚悟じゃないか。しかし……。
阿毛留　しかし……?
阿毛斗　どうも気になるね。

阿毛斗、がばりと四つん這いになる。その上に乗る阿毛斗と阿毛留。
三人の巫女の祈りが響く。

三人　カーメカメカメ、カーメカメカメ。

そのまま三人、闇に溶ける。

☆

胆沢城。

鎖につながれている赤頭《あかがしら》、青頭《あおがしら》、丸頭《まるがしら》。柱につながれている大嶽《おおたけ》。蝦夷の族長である。

赤頭　大嶽様～。大丈夫ですか～。

大嶽　お。ん。ああ。

青頭　よかった。まだ生きてたよ。

丸頭　でも、どうせ、俺達ゃもうすぐ処刑だ。

と、そこに現れる帝人の兵1。

帝人兵1　何を騒いでいる。

赤頭　やべ。

帝人兵1　それ以上騒ぐと舌を切り落とすぞ。

と、その背後に現れる阿弖流為。
手刀で帝人兵1を倒す。
声を上げようとする囚われの蝦夷達に、静かにというそぶりの阿弖流為。
続けて姿を見せる立烏帽子、薊、蛮甲。立烏帽子と薊はそれぞれの得物、蛮甲は槍を持っている。

阿弖流為　無事か、叔父上。（言いながら大嶽の縛めを解く）
大嶽　……阿弖流為とはな。驚いたぞ。

薊と立烏帽子が赤頭達を解放する。

立烏帽子　もう大丈夫ですよ。

喜ぶ三頭。

蛮甲　騒ぐな、騒ぐな。感付かれるぞ。
赤頭　俺達だけじゃねえ。あっちにも捕まってる。

青頭　俺達は見せしめで殺されるとこだったんだ。
丸頭　殺されるのが嫌なら、大和に従え、帝人として戦えと。百人くらいは捕まってると思う。
薊　そんなことを。
立烏帽子　兵士の現地調達というわけか。
阿弖流為　わかった。そちらも救い出そう。
蛮甲　毒くわば皿までか。
阿弖流為　百人いればこの城を中からひっくり返すこともできる。
蛮甲　無茶苦茶言いやがる。
阿弖流為　無茶は承知だ。いくぞ。

と、その阿弖流為達に突然明かりが当たる。周りに帝人軍の兵がずらりと取り囲んでいる。
佐渡馬黒縄《さどまのくろなわ》が現れる。

黒縄　ちょっとはしゃぎすぎだなあ、小僧。
阿弖流為　あれは。
蛮甲　佐渡馬黒縄。蝦夷討伐の大将だ。

阿弖流為　あれが親玉か。蛮甲、手はず通り逃げ道を。ここは俺が引き受ける。

帝人軍の様子をうかがいながら刀に手をかける阿弖流為。

蛮甲　わかった。まかせと……け！

阿弖流為が刀を抜き終わる前に、彼の胸に槍を突き刺す蛮甲。

阿弖流為　なに⁉

呆気にとられる阿弖流為。

立烏帽子　阿弖流為！

笑い出す黒縄と帝人軍。

阿弖流為　……な、なぜ。

蛮甲　一人でいい格好しようとするからだよ！

蛮甲、二三度阿弖流為に斬撃。

阿弖流為　ば、ばかな……。

倒れる阿弖流為。

一同　阿弖流為！

黒縄　動くな！

蝦夷達駆け寄ろうとするが、帝人軍が囲んでいて動けない。
部下が持ってきた椅子に腰掛ける黒縄。

黒縄　（蛮甲に）そやつは。

蛮甲　蝦夷の前長のせがれでさあ。思いのほか、大物がひっかかりました。

黒縄　ほう。

蛮甲　こいつは妙に人望がありましてね。五年前に里を追い出されてやれやれと思ってたんだが、何をとち狂ったんだか戻ってきやがった。もっとも、わざわざ殺されにですがね。

薊　どういうことよ、蛮甲。

蛮甲　薊、まさか、お前ほんとに、自力で逃げ出せたなんて思い上がってるんじゃないだろうなあ。

薊　なにぃ。

黒縄　女、お前は餌だ。我ら帝人軍に刃向かう馬鹿者どもをつり上げるためのな。

立烏帽子　じゃあ、最初から。

黒縄　お前ら蝦夷は、あちこちに村があってあちら叩けばこちらからひょい、こちら叩けばあちらからひょい。モグラ叩きみたいで要領を得ないんでな。こういう手を使わせてもらった。

蛮甲　お前を逃がして様子を見てたら、まんまと引っかかったのがこの蝦夷のお坊ちゃんだ。（立烏帽子に）お前もとんだ災難だが、妙な男にくっついてきたと観念するんだな。

立烏帽子　裏切り者。

蛮甲　俺は根っからこういう男なんだよ。

薊　この下司野郎が。

蛮甲　いい言葉だねえ。その意味は、生きる知恵を持っているってことだぜ。

薊　なにー。

蛮甲　俺はいつでも強いもんの味方。

薊・立烏帽子　さいてー。

黒縄　ここにいる連中を片づければ、一段落という訳か。やれやれ、これで都に色好い報せが届けられる。おい。

黒縄、部下に合図。部下、蝦夷達の前に武器を置く。

黒縄　俺は今日は機嫌がいいのでな。大盤振る舞いだ。みんなで殺し合え。最後に生き残った者だけは、逃がしてやる。それ、やれ。

赤頭　……お、大嶽様……。

とまどう蝦夷達。
立烏帽子、目立たぬ隅の方で目をつぶり祈っている。

黒縄　どうした、やらぬのか。皆殺しよりは誰か一人でも生き残った方がいいと思うがね。

と、ずかずかと黒縄に近づく大嶽。彼が持っていた刀を持ち自分に斬りつける。

大嶽　いた！
黒縄　うわ、な、何をする。
大嶽　みんな、気をつけろ。こいつは本物だぞ。
黒縄　当たり前だよ。
大嶽　何事も自分の身体で確かめる。それが蝦夷の掟。
蛮甲　ほんとかよ。
大嶽　やれやれ、こんな物騒な物で殺し合うくらいなら……。（武器を拾う）
蒯　とうさま……。
大嶽　この歳になるとな、他人の命より己の命の方が安くなる。

大嶽、自分で自分の腹に突き刺す。

蛮甲　なに!?
蒯　とうさま！
赤・青・丸　大嶽様!!

倒れる大嶽。駆け寄る蒯。

黒縄　……ふん。仲間殺しもできぬか。つまらんな。なんかしらけたぞ。殺し合いはやめだ。全員首チョンパだ。そしてさらし首にしろ。

立烏帽子　……阿弖流為！

蝦夷達に襲いかかろうとする帝人兵。
と、その時赤い光が阿弖流為の身体を包む。
そして、ゆっくりと起きあがる阿弖流為。

阿弖流為　……いいかげんにしろ。貴様ら、それでも人間か……。

蛮甲　なに!?

黒縄　し損じたな、蛮甲。

蛮甲　そんな。確かに急所に。

阿弖流為　そんな刃に、俺は倒れん。倒れてたまるか。

阿弖流為、懐から赤い玉を出す。あたりは赤い光に満ちる。

阿弖流為　この紅玉が、荒覇吐の玉が、我が身を守ってくれた。貴様の槍を防いでくれた。

蛮甲　なんだと。

立烏帽子　見たか、みんな。荒覇吐の呪いは解けた。この阿弖流為殿に神も味方しているぞ！

声を上げる一同。

蛮甲　そんなのありかよ。

そこに現れる阿毛斗、阿毛志、阿毛留。
手に骨の剣。背に亀の甲羅。

阿毛斗　大ありだよ、このインチキ野郎。
薊　阿毛斗様。
阿毛斗　（阿毛志と阿毛留に）大獄の手当を。
二人　はい。

大獄を抱えて引っ込む二人。

阿毛斗　母霊の一族の男が迷惑かけたね、阿弖流為。
阿弖流為　なあに、俺に人を見る目がなかっただけのこと。

蛮甲　何しにきやがった。
阿毛斗　お前の嘘はすべてお見通しだ。この甲羅がすべてを教えてくれた。
蛮甲　なんだと。
黒縄　何だ、貴様は。亀仙人か。
阿毛斗　違うよ！
黒縄　わかった。河童だな。
阿毛斗　違うってば。
黒縄　ようし、キュウリをやろう。こい、河童。
阿毛斗　うるさい。
黒縄　キュウリじゃいやか、じゃ尻子玉か？　よし、抜け。抜いて見ろ、河童。（と、尻を阿毛斗に向ける）。
阿毛斗　あほんだらあ！

黒縄の尻に骨剣を刺す阿毛斗。

黒縄　あいたたた。な、何するんだ!!
蛮甲　何考えてるんですか。
黒縄　騙されるな、奴は河童じゃない！

蛮甲　わかってますよ、んなこたあ。
阿毛斗　蛮甲、お前は大嘘つきの根性曲がりだが、一つだけ真実を言った。蝦夷が倒れれば、母霊の明日もない。阿弖流為、荒覇吐《あらはばき》の神は我らにあり。指示を。
阿弖流為　すまない。さあ、武器をとれ。今こそ反撃だ！
蝦夷達　おう！

蝦夷達、武器をとる。
阿毛斗、背の亀甲を手に持つ。亀甲の楯になる。

黒縄　ええい、かかれかかれ。

帝人兵打ちかかる。
が、怒りと神の加護に守られた阿弖流為の敵ではない。

立烏帽子　私たちは、ほかの捕虜の方々を。
赤頭　ああ、こっちだ。

蝦夷達、駆け去る。

黒縄　おのれ。
阿弖流為　いかさん。

黒縄の前に立ちふさがる阿弖流為と阿毛斗。

黒縄　どけい！

打ちかかる黒縄と蛮甲。
黒縄の斬撃をかわし、阿弖流為、その足に一撃。

黒縄　ぐわあ！
蛮甲　佐渡馬様。

そこに現れる闇器。二刀流で旋風の如く阿弖流為に襲いかかる。

阿弖流為　なに。
闇器　佐渡馬殿。ここはいったんお引きください。

黒縄　お前は。

闇器　我が主の命です。佐渡馬殿を死なせるでない。

蛮甲　助っ人か。助かった。

闇器　（蛮甲に）お前はどうでもいい。

蛮甲　なにー。

黒縄　（黒縄に）急がれよ。

黒縄　ええい、覚えていろよ。若僧！

逃げる黒縄。

阿弖流為　待て！

闇器も牽制しながら逃げる。
蛮甲も逃げ出す。
後を追う阿弖流為と阿毛斗。
砦の外。
蝦夷達の喊声。解放された彼らが胆沢の城を取り戻そうと帝人軍と戦っている声だ。
こけつまろびつ現れる蛮甲。
彼の行く手を阻む阿毛斗、阿毛留、阿毛志。薊。立烏帽子。そして阿弖流為。

薊　逃げ場はないよ、蛮甲。
阿毛斗　母霊の男なら男らしく、往生際くらいはきれいにしな。
蛮甲　冗談じゃねえ。きれい事なんか言ってたまるか。
立烏帽子　なに。
蛮甲　阿毛斗ともあろう女が、悲しいもんだぜ。蝦夷じゃ絶対帝人軍にはかなわねえ。そう思ったから奴らに取り入ったんだ。それを、こんな若僧の口車に乗って。母霊族まで滅んじまうぞ。後悔したってしらねえぞ。
薊　勝手なことを！（刀をふりかぶる）
阿弖流為　よせ、薊。
薊　でも。
阿弖流為　（蛮甲に）好きなところへ行け。
薊　阿弖流為！
阿毛斗　許すってのかい、この男を。
阿弖流為　ああ。
立烏帽子　では、せめてこの国から追放に。
阿弖流為　いや、蛮甲の好きにさせろ。
蛮甲　へへ。余裕じゃねえか。そんなことして、俺が悪うございましたと頭下げるとでも思ったか。

阿弖流為　頭を下げられたいとも思ってない。ただ……。

立烏帽子　ただ？

阿弖流為　ここでこいつを殺せば、蝦夷も帝人軍と変わらない。

立烏帽子　それが戦だろう。

阿弖流為　違う。奴らの戦は攻め込む戦だ。が、我らは違う。いけ。

蛮甲　へへん。後悔するなよ。

逃げ去る蛮甲。

入れ替わりに入ってくる赤頭、青頭、丸頭。

赤頭　阿弖流為。

阿弖流為　おう、どうだ。

青頭　ああ、帝人の奴ら、大将が逃げたと知ってすっかり気を飲まれちまったらしい。

丸頭　俺達が攻め込むと、たちまち逃げ出していったよ。

阿弖流為　いいだろう。これよりこの胆沢の城が俺達の居城だ。

一同うなずく。

薊　……阿弖流為。今日からはお前が長だ。
阿弖流為　俺が……。
赤頭　そうだ。阿弖流為のおかげで俺達は助かったんだ。
青頭　これからも、帝人の軍をけちらしてくれ。
丸頭　お前の命ならば何でも聞くぞ。
阿毛斗　我ら母霊族もお前の言葉にならら従おう。
阿弖流為　……お前たち。

薊、大嶽がしていた長の証の首飾りを阿弖流為の首にかける。
それを微笑んでみている立烏帽子。

阿弖流為　……いいか。蝦夷は逃げず侵さず脅かさず。ただ、此処に在るために戦う。それが我ら北の民の誇りだ。

大きくうなずく一同。
虚空をながめる阿弖流為。そこに険しき道のりを見ているのだろうか。
かくして、北の民を導く新しき長が生まれ、その噂は時空を裂いて都にも届く。

現れる田村麻呂、飛連通、翔連通。

田村麻呂　そうか。蝦夷に新しい将が。
飛連通　はい。かの佐渡馬黒縄殿も一敗地にまみれ、奇襲により、五万の兵が敗れ去ったと。
翔連通　ばらばらだった蝦夷達が、これまでとは打って変わった統制のとれよう。ただ者ではないですぞ。
飛連通　その強さ悪鬼の如く、怖れた兵の中には悪路王《あくろおう》と呼ぶ者も。
田村麻呂　悪路王。そいつはまた大仰な。
飛連通　もちろんそれは通り名。その将の本当の名は……。
田村麻呂　阿弖流為。
飛連通　え。
田村麻呂　阿弖流為っていうんじゃないか、そいつの名は。
飛連通　……よくご存じで。
田村麻呂　出陣だ。準備しろ。
翔連通　おお、では。
田村麻呂　征夷大将軍だとさ。帝からの勅命とあれば、行かざるを得ないだろう。
飛連通・翔連通　は。
田村麻呂　天命とはいわんぞ、阿弖流為。これも人の定めだ。（天を仰ぐ）

そして御所。その奥に封ぜられた鈴鹿。その姿が浮かび上がる。

鈴鹿　田村麻呂様。あなたのご無事を、ただそれだけを、鈴鹿は祈ります。昔を捨て名を捨てた私の祈りが、必ずやあなたをお守りします。

祈る鈴鹿。その身体が赤い光に包まれる。
阿弖流為、田村麻呂、鈴鹿。
それぞれが、それぞれの運命に立ち向かうべく天を仰いでいる。
その果てに待つものが、たとえ何であろうとも――。

――暗転――

第二幕

邪しき神
姦しき鬼

第五景

日高見《ひたかみ》の国へと向かう帝人軍の一隊。
食料運搬か荷車を押している。
山中。指示している飛連通と翔連通。

翔連通　よし、一旦此処で休憩だ。

兵達、歩みを止める。

飛連通　が、気を抜くな。この山を越えれば日高見の国。蝦夷達の領土だぞ。心して休め。

三々五々散る兵達。残るのは阿久津高麻呂と大伴糠持の二人。

高麻呂　ああ、やっと休憩だよ。
糠持　噂には聞いていたが遠いなあ。
高麻呂　あーあ、こんなことなら、夜盗の罪で牢につながれてるほうがどれだけ楽だったか。
糠持　……なんかさ、さっきから嫌な感じしない？
高麻呂　ばか、こっちは食料運搬隊だぜ。襲うんなら本隊を……。

と、現れる蝦夷の軍。
赤頭、青頭、丸頭の三人だ。

高麻呂・糠持　でたあ！

逃げ出す二人。

丸頭　見つけた。
赤頭　さすがは丸頭。食い物の勘は鋭いなあ。
青頭　さっそく報告だ。

そこに駆けつける飛連通と翔連通。

飛連通　現れたな、蝦夷。読み通りだ。
翔連通　待っていた！

襲いかかる二人。

丸頭　つ、つええ。
赤頭　かなわねえ。
青頭　阿弖流為様、阿弖流為様～!!

その声に応えるように、阿弖流為登場。
族長の風格が漂う衣装になっている。手に両刃剣。

飛連通　貴様、どこかで。……随鏡の屋敷か。
翔連通　貴様も蝦夷だったのか。
阿弖流為　そうだ、蝦夷の長、阿弖流為だ。
飛連通　では、随鏡の屋敷での事はすべて茶番。
阿弖流為　まあ、そういうことになるかな。

飛連通　お、おのれ。たばかりおって。

　阿弖流為に打ちかかる飛連通と翔連通。
　彼らの直刀をはじき返す阿弖流為の剛剣。

阿弖流為　お前たちがいるということは、あの男も来ているな。
飛連通　余計な詮索は無用。
翔連通　貴様ごとき、我らの手で。
飛連通　田村麻呂《たむらまろ》二本刀《にほんがたな》の技知るがいい。いくぞ、翔連通。
翔連通　おうさ、飛連通。
飛連通　食らえ！
翔連通　飛連翔連！
二人　双鬼鎮刀客《そうきちんとうきゃく》！

　二人、両サイドに別れ阿弖流為を攻める。
　飛連通はフェイント。大半は翔連通の攻撃。それをかわす阿弖流為。飛連通の剣をさばき、翔連通の片手剣をかわす。その時、翔連通、左手で隠し剣を抜き、阿弖流為を襲う。阿弖流為には予想外の攻撃。

阿弖流為　ぬ！

　が、阿弖流為、翔連通の奇襲をかわし、その隠し剣をたたき落とす。

翔連通　なに！

　いったん離れる飛連通、翔連通。

阿弖流為　面白い技だが、しょせん目眩ましだ。

翔連通　ばかな！

飛連通　くそう。一生懸命考えたのに。

　そこに現れる田村麻呂。こちらも戦装束になっている。

田村麻呂　やめとけ、飛連、翔連。

二人　田村麻呂様！

阿弖流為　……現れたな、征夷大将軍。

田村麻呂　何の因果かそういうことになっちまった。そっちこそ、立派なもんじゃないか、蝦夷の族長。
阿弖流為　お前たち大和が襲ってくるから、戦っているだけだ。蝦夷は自らは争わない。
田村麻呂　そんなきれい事で戦がやれるかい。
阿弖流為　やってみるさ。
田村麻呂　（二本刀に）さがってろ。
飛連通　しかし。
田村麻呂　そいつに小細工はきかないよ。
飛連通　小細工？　小細工じゃありません。
飛連・翔連　必・殺・技、です。
飛連通　この戦にそなえて翔連がどれだけ練習したか。そして私がどれだけ名前を考えたか。
三頭　名前かよ。
飛連通　それを。それをたった一回で……。
翔連通　ちくしょー。
田村麻呂　……よしよし。
阿弖流為　……悪いことしたかな。
田村麻呂　こういう奴らだ、気にするな。（偽刀をかまえる）着任そうそうこういう事になるか。
阿弖流為　それを覚悟で来たのではないのか。

田村麻呂　まあね。やるんだったら、早いほうがいい。
阿弖流為　おぬしらしい。
田村麻呂　俺が坂上家の男で、お前が蝦夷の族長ならば、こうなるしかないだろう。
阿弖流為　……まだ、刀は抜かないのか。
田村麻呂　その気にならなくてな。
阿弖流為　（笑い）そんな甘い事で戦がやれるかい。
田村麻呂　やってみるさ。
阿弖流為　容赦はしないぞ。
田村麻呂　上等だ。

二人、にらみ合い間合いをはかる。

その緊張感に手出しできない周り。

先に動いたのは阿弖流為。その重い剣を疾風のように操り田村麻呂を攻める。

偽刀で受ける田村麻呂。が、この偽刀も田村麻呂の膂力にかかれば恐るべき凶器になる。鉄鞘と鉄芯の入った偽刀だ。一撃くらえば骨が折れる。斬撃を受ける力を利用して、田村麻呂の偽刀が阿弖流為を襲う。それを剣の腹で受ける阿弖流為。腕は五分。

激しい攻防の末、二人の動きがひたと止まる。

田村麻呂の偽刀は阿弖流為の喉元に、阿弖流為の剣は田村麻呂の胴に当たる寸前で止まっている。

静寂。
田村麻呂が膝をつく。一度だけ阿弖流為の斬撃を胸に受けている。鎧がガードしたが、それでも衝撃は田村麻呂にダメージを与えたのだ。

田村麻呂　……く。

阿弖流為　背負っているものが違うのだ……。

阿弖流為、剣をふりかざす。
その時、飛び込んでくる一人の剣士。
小柄だが剣は速い。
一瞬、退く阿弖流為。

剣士　そうはさせない！

その剣士の顔を見て驚く阿弖流為、そして田村麻呂。

阿弖流為　お前は……。

田村麻呂　鈴鹿！

驚く飛連通、翔連通。
剣士の顔は鈴鹿に瓜二つ。

剣士　鈴鹿ではない。我が名は釼明丸《じんみょうまる》。田村麻呂三本刀のうち、刃《やいば》の釼明丸!
飛連通　三本刀。
翔連通　そんな、いつの間に。
釼明丸　今日からだ。田村麻呂殿が刀を抜かないのなら、私があなたの刃になろう。
飛連通　俺に無断で名付けるな。
阿弖流為　気丈なことだ。が、その細腕で何が出来る。
釼明丸　なめるな!

鋭い剣風で阿弖流為に襲いかかる釼明丸。

阿弖流為　ぬう。
釼明丸　我が身は鉄、我が心は氷。脱げば玉散る柔肌を鋼《はがね》に包んだ美丈夫だ。腕の違いは想いが補う!
阿弖流為　どうやら、侮ってはならぬようだな。

そこに駆けつける帝人の兵。何やら飛連通に耳打ちする。

飛連通　わかった。田村麻呂様、ここはひとまず。
田村麻呂　しかし。
飛連通　我らの役目は。
田村麻呂　むう。
飛連通　戦《いくさ》は一度の戦いではございませぬ。
田村麻呂　……やむなしか。退くぞ。釼明丸とやら。
釼明丸　はい。
田村麻呂　一緒に来い。
釼明丸　はい！

退却する田村麻呂達。

赤頭　あ、待て。

追おうとする三頭。

阿弖流為　やめておけ。
青頭　いいのですか。
阿弖流為　深追いは怪我のもとだ。
丸頭　あれが今度の将軍か。口ほどにもない。
阿弖流為　それはどうかな。
青頭　え。
阿弖流為　……踏み込んだ俺の剣が奴の首を落とすのと、奴の刀が俺の喉笛を砕くのとどちらが速かったか……。
赤頭　……紙一重ですか。

そこに現れる大嶽。腹に包帯。立烏帽子と薊もつきそう。

大嶽　あの剣士に救われたのは、お主の方かもしれんな。若長《わかおさ》。
阿弖流為　……叔父上。
立烏帽子　……あの女剣士。
阿弖流為　ああ、都であった踊り女によく似ていたが、しかし女とも思えなかった。
立烏帽子　え？
阿弖流為　なんだか人ではないような……。それに。

立烏帽子　それに？

阿弖流為　どこかであったことが、都よりも前に、どこかで……。（その思いをふっきるように大嶽に話しかける）叔父上、お体は大丈夫ですか。

大嶽　おお、元気元気。頭以外はな。と、お主らの顔に書いておるぞ。

阿弖流為　いえいえ。

大嶽　いやあ、死ぬかと思ったが、人間なかなか死ねないものよなあ。しかし、まあ、生きていたが故に、竜虎相食《あいは》むの図も見られた。

阿弖流為　冷やかさないでください。

大嶽　……若いが恐るべき男だ。中野坂上麻呂か。覚えておこう。

蝦　名前、違います。

大嶽　大江戸線も通って便利になったと言うに。

蝦　まだ言うか。

大嶽　お主らが竜虎相食むなら、さしずめ儂はヘザー・グラハム？

蝦　一度しめますか、この爺い。

阿弖流為　まあまあ。

立烏帽子　でも、まあ、食料は奪えたのでしょう。最初の目的は達せられたわけだし。

丸頭　ああ、帝人の奴らが腹を減らすさまが目に浮かぶぜ。

青頭　丸もたまにはましなことを思いつく。

赤頭　もっともこいつは、都の食い物が食べてみたかっただけだがね。
丸頭　うるせえよ。
阿弖流為　が、うかつに手は出すなよ。
丸頭　え。
阿弖流為　あまりに去り際があっけなかった。
立烏帽子　陽動ですか。
阿弖流為　ああ。
蝦　まさか、毒でも仕込んでいると。
阿弖流為　都には食えぬ輩も大勢いる。
立烏帽子　……確かに。
大嶽　（何やらモグモグ食べながら）なるほど、確かにありうるな。
阿弖流為　……叔父上。
大嶽　（飲み込み）ん？
立烏帽子　それは……。

突然苦しむ大嶽。

大嶽　ぐ、ふぐあああ!!（倒れる）

蝦夷 とうさま!!　やはり毒が!?
阿弖流為 ……だから言ったのに。
と、駆け込んでくる阿毛留と阿毛志。
阿毛留 阿弖流為様。大変です。
阿弖流為 どうした。
阿毛志 川に、川に毒が。
立烏帽子 なに!?
阿弖流為 おのれ、帝人。そこまでするか!
駆け去る一同
大嶽を介抱しながら引き上げる三頭。

☆

多賀城。
蝦夷攻略のための帝人軍の拠点である。
布留部と黒縄が待っている。
戻ってくる田村麻呂。あとに続く飛連通。

布留部　ご苦労様でした、田村麻呂殿。
田村麻呂　いえ。
黒縄　おお、坂上の小僧か。大きくなったなあ。
田村麻呂　……佐渡馬殿。
黒縄　昔通り、黒叔父でいい。覚えているか、幼いお前に剣の持ち方を教えたのは俺だぞ。
田村麻呂　ええ。刃の部分を握れといわれてあやうく五本の指を落としそうになりました。
黒縄　試したのだよ。「痛いからイヤだ」とはさすがは田村麻呂。征夷大将軍まで上り詰めた男だ。幼い頃からいい勘をしている。
田村麻呂　普通言うでしょう。
黒縄　いいや！　さすがは俺が見込んだ男よ。ふうむ、いい面になった。

黒縄、足をひきずりながら近寄り田村麻呂の脇腹を叩く。顔をしかめる田村麻呂。

黒縄　……どうした。
田村麻呂　いえ。
黒縄　奴か。
田村麻呂　え？
黒縄　阿弖流為とか言ったか。蝦夷の長の。

田村麻呂　……ええ、まあ。
黒縄　俺もだよ。（と、足をさして苦笑い）蛮族とはいえ侮るなよ。奴らの剣《つるぎ》は思いのほか強い。あれは大陸渡りの鉄の剣《つるぎ》だ。
田村麻呂　なるほど。
黒縄　我等、大和に逆らうとは片腹痛い。今に目にもの見せてくれるわ。おっと、片腹痛いのは、今のおぬしか。（二人で笑い出す）
田村麻呂　相変わらず人の言葉に耳を貸さないお方ですね。
布留部　まあ、それがこのお方の欠点でもあり悪いところでもある。
飛連通　駄目ばかりということですね。
黒縄　なにい。
布留部　いえいえ。黒縄殿の見事な指揮により、無事本隊はこの多賀の城に入ることができました。
黒縄　おう。ま、征夷大将軍自ら囮役を買って出てくれたからな。そのことも忘れちゃあいけない。もっとも、万の兵を指揮するようなことはまだまだだろうがな。
田村麻呂　……では、私は。（去ろうとする）
黒縄　なんだい、その態度は。
田村麻呂　え。
黒縄　気に入らないかい、俺が。

田村麻呂　そんなことは。
黒縄　田村麻呂、いや将軍様か。お前が少しばかり俺より若くて腕が立つからといって調子にのるんじゃねえぞ。顔と戦に関しちゃあ、俺の方が上なんだからな。
田村麻呂　はい。
布留部　えー。（と、しげしげと黒縄を見る）
黒縄　なんだよ。
布留部　いえ、戦はともかく顔は……。
黒縄　いいんだよ。地元じゃ苦み走ったいい顔って評判いいんだよ。熊とか鹿とか。
布留部　……そこまで。
黒縄　かわいいぜえ、熊とか鹿とか。

そこに現れる鮭をかかえた月の輪熊。
一同、驚く。刀を持ち身構える飛連通。

黒縄　おう、熊子。待ってろっていったろう。
一同　くまこ？

熊、一同に「いつもうちの人がお世話になってます」と言う感じでペコペコする。

黒縄　ばか、挨拶なんかいいからあっち行ってろ。

熊、一同に、鮭を配ると「よろしくお願いします」という風に頭を下げ立ち去る。

黒縄　……ま、そういうことだ。
布留部　確かに、ある意味、田村麻呂殿を越えてますすねえ。
田村麻呂　ええ、もう、きっぱり俺の負けです。
黒縄　おいおい、俺に勝とうなんて思ってたのかい。冗談いっちゃあいけねえなあ。今のお前は、蝦夷んとこに毒入りの食いもん置いてくるくらいが関の山なんだよ。
田村麻呂　……え。
黒縄　ん？
田村麻呂　……では、あの食料には毒が。
黒縄　当たり前だろう。なんでわざわざ敵に食いもんあげなきゃなんねえ。
田村麻呂　……それが武人のすることですか。
飛連通　田村麻呂様（と、いさめる）
黒縄　あ、そういや、川にも流したかな。
田村麻呂　川に毒を。そんなことをしたら、無関係な者も！

黒縄　関係あるんだよ。みんな蝦夷だ。
田村麻呂　女子供は！
黒縄　女は子を産み、子はすぐに大人になる。大人になった蝦夷はみんな兵士になるんだよ。
田村麻呂　それでは、皆殺しにしろというのか。
黒縄　ああ。そうだ。一度完全に叩きつぶさない限り、奴らは音をあげねえ。
田村麻呂　それは戦ではない。ただの殺し合いだ。
黒縄　おいおい、国がやる殺し合いを〝戦〟っていうんだろうが。
田村麻呂　今まで蝦夷攻略がうまくいかなかった理由がわかりましたよ。あなたのような方が指揮している限り、彼らが従うはずはない。
黒縄　馬鹿。獣は力ずくで言うことを聞かせるしかねえんだよ。
田村麻呂　獣だと。彼らが獣ならば我らも獣だ。いや、それ以下か。
黒縄　なにい。
田村麻呂　都では蝦夷の名を借り悪行三昧。ここでは、人を人とも思わぬ戦ぶり。それが帝の名を借りた軍のすることか。
黒縄　俺のやり方に文句でもあると。

にらみあう黒縄と田村麻呂。

布留部　……けだもの、いいですねえ。

布留部の言葉に気をそがれる二人。

布留部　男はやっぱりけだものじゃなきゃあ。激しい男には憧れますねえ。私から見れば、お二方とも立派なけ・だ・も・の。

田村麻呂　……一つ言っておく。征夷大将軍は私だ。これからは、勝手な行動は許さない。宜しいな。

黒縄　…………。（無視する）

田村麻呂　（黒縄をにらみつけ）宜しいな。……飛連通。

飛連通　は。

田村麻呂が鮭を投げる。飛連通、抜刀。

田村麻呂、再び鮭を受け取り黒縄に突き返す。見ると鮭は輪切りになっている。

田村麻呂　食べやすいように。では御免。

立ち去る田村麻呂。続く飛連通。

黒縄　……小僧が。

布留部　まあまあ。あの一本気なところが妙に都で人気があったりする。

黒縄　ふん。

布留部　新しい都の建設に、蝦夷討伐。都の者は重税にあえぎ、帝に対して反感を持つ者も少なくない。日の国統一に疑問を抱く貴族さえ出てきた体たらく。その中でああいう世間に支持されているお方は貴重なんですよ。

黒縄　…………。

布留部　ああいう人気があるお方が、戦場《いくさば》で非業の死を遂げたりすると、都はもう大変ですよ。「田村麻呂将軍の仇討ちだ」って。蝦夷憎し、とっとと征伐しちまえって。不満なんかどこかに消し飛んでしまうことでしょう。

黒縄　……なに。

布留部　佐渡馬殿、あのお方の背中、必ずやお守り下さいね。もし、田村麻呂殿が貴重な戦死ということになれば、あなたしか征夷大将軍の座を担う者はいなくなってしまう。

黒縄　（得心がいったように笑う）……そういうの、俺、好きだ。

布留部　くれぐれも。

黒縄　承知。

と、その時おどろおどろしい気配。怪しのもの達が現れる。
その中心に随鏡がいる。

布留部　慌てなさるな。人ではない。
黒縄　なに。
随鏡霊　……布留部。おのれは……。
布留部　……ほほう、随鏡殿か。
随鏡霊　……我を裏切りこの命……。よくもよくも……。
布留部　ふふん。さすがは蛮族の国。怨霊もここまではっきり姿をなすとは。驚きましたねえ。
随鏡霊　……恨めしいぞ、紀布留部……。

寄ろうとする随鏡の怨霊。

布留部　都を離れわざわざここまで呪いにこられるとは。これはこれは、人は見かけによらぬもの。その執念、見直しましたぞ、大臣禅師。
随鏡霊　……ぬしも地獄送りにするまでは、この恨み消えはせぬ。ともに黄泉へとまいろうぞ。

襲いかかる怨霊達。

布留部　下がれ、下郎！

その声に、虚をつかれる怨霊達。

布留部　その程度の呪いで、この紀布留部がとり殺せると思ったか。ええい、下がれ下がれ！

随鏡霊　ぬぬ!?

怨霊達の動きが止まる。

布留部　帝の都は呪いの都。血と呪詛と怨嗟に満ちた凶《まが》の都だ。その街を手中におさめんと画する男が、貴様ら程度の怨霊に呪われるとでも思ったか。とっとと下がれ。ふるべゆらゆらとふるべ　ふるべゆらゆらとふるべ。もう、私の言葉には逆らえない。

その声は呪詛返し。逆に随鏡の怨霊らを支配下に置く。

黒縄　……おぬしは……。

布留部の秘められた力にあっけにとられている黒縄。

布留部　そうだ。せっかく都より来られたのだ。少し働いてもらいましょうか。大臣禅師。

妖しく笑う布留部。

——暗転——

第六景

音楽。蝦夷対帝人軍の戦闘がシルエットで象徴的に描かれる。
蝦夷軍を指揮する阿弖流為登場。

阿弖流為　よいか。帝人軍は数を頼みに押してくる。押されれば逃げろ。逃げてかき乱し揺さぶれ。地の利は我らにある。地に伏し山に隠れ不意をつけばその効果、一人の兵で百人分の力となる。

帝人軍を指揮する田村麻呂。

田村麻呂　焦るな。数ではこちらが上だ。逃げれば追うな。陣営を組み直せ。一人の兵が一人を倒せば勝機は我らにある。

再び阿弖流為。

阿弖流為 慎重になった兵は孤立させろ。日高見の山は深い。一万の兵もはぐれれば一人だ。今だ、村に火をかけろ。帝人の兵を分断するのだ。

帝人軍。

田村麻呂の前に現れる飛連通。

飛連通 田村麻呂様。佐渡馬様率いる兵が奇襲に。わずか千足らずの兵に六千の我が軍が敗退です。

田村麻呂 またか。蝦夷の長め、いつも辛いところをついてくる。

飛連通 なんとかならんのでしょうか、あの親父は。

田村麻呂 言うな。それを御せないのも俺の器だ。しかしさすがは阿弖流為。人の動きをよく読む。

飛連通 一枚岩の蝦夷と違い、こちらは連合軍。兵の動きに差が出ますな。

田村麻呂 が、それも今のうちだ。物量の差はやがて出る。残念ながらな。

飛連通 残念ながら、ですか。

田村麻呂 ああ、そうだ。……飛連通。

飛連通　は。
田村麻呂　一つの軍を三つに分けろ。
飛連通　え。しかしそれでは。
田村麻呂　三つの軍を交代制にし、順に出して行け。こちらは交代しながら蝦夷の兵を休ませるな。
飛連通　……は。

駆け去る飛連通。

田村麻呂　（つぶやく）……阿弖流為よ。お前が抵抗すればするほど、大和は数を投入するぞ。今はいい。が、いずれ数の違いは致命傷になる……。しかしなあ、そんな勝ち方ではなあ……。

腰につけた竹筒から水を飲むと、ごろりと大の字になる田村麻呂。
そのまま夜になる。
満天の星空。木々がざわめき虫が鳴く。
森に包まれる田村麻呂。

田村麻呂　……いつまで、そこにいるつもりだ。（起き上がる）こっちにきて見てみろよ。たまらない星空だぞ。

闇から現れる釼明丸。

釼明丸　……お気づきになられましたか。
田村麻呂　天に星満ちて地に命満つる。この山の中に寂然と闇があればその方が目立つさ。
釼明丸　なるほど。気配の消し過ぎもいけないか……。
田村麻呂　なぜ、ここまでついてきた。
釼明丸　私はあなたを護る者。いくら田村麻呂様とはいえ、お一人で城を出られるのは危のうございます。
田村麻呂　ほう。
釼明丸　ここは蝦夷の山。あなたの知らぬ神が祟る山です。
田村麻呂　この山が。

言いながら釼明丸を見る田村麻呂。
不意に釼明丸を抱き寄せる。

釼明丸　なにを……。
田村麻呂　……身体はあるんだな。
釼明丸　え。
田村麻呂　まぼろしかとも思ったが……。
釼明丸　……感じていただけますか。肌のぬくもりを。
田村麻呂　ああ。確かに。その瞳、その唇、鈴鹿によく似たぬくもりだ。
釼明丸　……よかった。
田村麻呂　……が、何かが違う。鈴鹿でもあり、鈴鹿ではない。男でもなく女でもない。お前、誰だ。

田村麻呂から離れる釼明丸。

釼明丸　私は釼明丸。ただ、あなたを護る者。それではだめですか。
田村麻呂　しかし……。
釼明丸　あなたが感じてくれるのならば、私はここに在る。
田村麻呂　そうか。……まあ、それでもいいか。なんだか、この山に包まれていると、お前の言葉も道理に聞こえてくる。
釼明丸　何よりです。

田村麻呂　……でもな。
釼明丸　はい。
田村麻呂　だったら鈴鹿は、あいつはどこだ。……都を出るときも、ついに声をかけられなかった。姉上は「案ずるな」と言っていたが、あの性格だ。俺にはどうも鵜呑みには出来ない。
釼明丸　……一刻も早く蝦夷制圧を終わらせて下さい。帝の、日の国統一を成し遂げて下さい。それが彼女に会える一番の早道です。
田村麻呂　なに。
釼明丸　（一瞬、鈴鹿の貌が垣間見える）鈴鹿は都の底でそれだけを願っております。
田村麻呂　……鈴鹿。今のは、あいつだ。あいつの声だ。
釼明丸　……届きましたか。それはよかった。
田村麻呂　都の底って言ったか。どういう意味だ。
釼明丸　彼女は都を護る礎となられた。都を襲う敵がいなくなれば、おのずと目覚めるはず。

釼明丸。懐から小箱を出す。
第二景で御霊に見つかった鈴鹿の持ち物である小箱だ。その中から守り袋を取り出すと、田村麻呂に渡す。

田村麻呂　これは……。
釼明丸　彼女の想いが込められた守り袋。
田村麻呂　想い？（袋の中を覗こうとする）
釼明丸　だめ。覗いてはならない。
田村麻呂　え。
釼明丸　……覗くと鈴鹿は鈴鹿ではなくなる。
田村麻呂　（うなずき、懐にしまう）……なぜだ。なぜ、奴はそんなにまでして俺を。
釼明丸　故郷を、昔を、全てを捨てたかった。都で新しい自分になりたかった。でも、憧れ、死ぬ気でたどり着いた都は、淀み歪んでいた。ただ、その中で、田村麻呂様。あなただけはまっすぐに立っていた。
田村麻呂　…………それは、俺の姿勢がいいってことか。
釼明丸　（笑い）ま、そんなものでしょう。
田村麻呂　すまん。俺、そういう譬え話、苦手なんだ。
釼明丸　惚れ惚れするくらいいい男だったってことですよ、初めて会ったときから。
田村麻呂　すまん。俺、そう真っ正面に言われるのも苦手なんだ。
釼明丸　私もです。むしろ、刀に物を言わせる方が向いている。
田村麻呂　確かにな。それは俺も御同様だ。（偽刀を構える）
釼明丸　出てこい、曲者！（剣を抜く）

わらわらと現れる覆面の一群。
指揮しているのは覆面をしている蛮甲。声を変えて気づかれぬようにしている。

蛮甲　くそ。気づかれたか。こうなりゃ、数で勝負だ。やっちまえ。
釼明丸　蝦夷の伏兵か。
田村麻呂　やめておけ、釼明丸。素直に教えてくれる相手じゃないぞ。（賊の直刀を示し）あの刀は蝦夷のじゃない。帝人軍のものだ。
釼明丸　なるほど。
田村麻呂　驚かないのか。
釼明丸　ここは戦場《いくさば》。何が起こっても不思議はない。私はただ、あなたの背中をお護りするだけです。
田村麻呂　いい性根だ。ならば、お前の背中は俺が護ろう。
釼明丸　……もったいなきお言葉。
蛮甲　ええい。問答無用だ。

襲いかかる一群。
対抗する田村麻呂と釼明丸。強い。

蛮甲　け。しょうがねえ。

形勢不利とみるや、他の連中が戦っている間に、逃げ出す蛮甲。

田村麻呂　殺すなよ、釼明丸。
釼明丸　はい。一番口が軽そうな奴を残しましょう。
田村麻呂　余裕だな。

が、そこに現れる闇器。一瞬にして襲った連中を叩き斬ると消える。

釼明丸　……むごいことを。
田村麻呂　口封じか。追うぞ。
釼明丸　はい。

田村麻呂と釼明丸、そのあとを追う。

☆

多賀城。
暗殺隊の帰りを待っている黒縄。

駆け込んで来る蛮甲。覆面をとる。

蛮甲　佐渡馬様。

黒縄　おお、首尾は。

蛮甲　申し訳ありません。思いのほか手強く。

黒縄　し損じたか。

蛮甲　はい。が、次は必ず。

黒縄　ふむ。なあ、蛮甲。なぜ俺がお前を使ったと思う。

蛮甲　それは佐渡馬様が、この蛮甲を信用しておられるから。

黒縄　と、思うお前が甘いのだ。

と、刀を抜こうとする黒縄だが、それより早く蛮甲の刀が黒縄の腹に突き刺さっている。

蛮甲　へへ。そう来ると思ったぜ。

黒縄　貴、貴様……。

蛮甲　お前さんが俺を使った理由は、口封じが楽だから。そうだろう、佐渡馬様。成功しても失敗しても俺のことは斬るつもりだった。なあ。（と、言いながら刀をふるう）

黒縄　ま、待て……。

蛮甲　言い訳するな。俺は下司だから下司の考えてることはよーくわかるんだよ。但し、下司にかけちゃあこっちの方が一枚上手だ。

黒縄　くそう！

刀を抜くと闇雲に振り回す黒縄。
逃げようとすると彼の前に立つ熊。

黒縄　おお、熊子！

が、熊、黒縄に張り手。

黒縄　ぐわ！　な、なぜ。

蛮甲　わりぃなあ。その熊は俺が仕込んだ熊だ。

黒縄　き、貴様ー!!

怒り心頭に発し蛮甲に襲いかかる黒縄。
それを避けとどめを刺す蛮甲。

黒縄　……く、くまこ……。

息絶える黒縄。

蛮甲　バカ野郎。この蛮甲様を甘く見るからだよ。

と、そこに現れる布留部。その後ろからは闇器も現れる。

布留部　……熊を笑う者は熊に泣く。人生は悲しいですねえ。

闇器　笑うても泣いてもおりませんが。

蛮甲　だ、誰だ。

布留部　母霊族の蛮甲さんですね。

蛮甲　俺の名を。

布留部　知っていますよ。蝦夷の中にも大和の心を知り帝人の軍の手助けをしてくれる者もいる。

蛮甲　あなたは。

布留部　紀布留部。ま、この軍のお目付役みたいなもんです。

蛮甲　う、右大臣の。(土下座して)こ、これには深いわけが。

布留部　あるわけないでしょ。

蛮甲　え。
布留部　だってあなた、嘘つきだもの。
蛮甲　そんなことは。
布留部　嘘をつくのが好き。裏切るのが好き。自分の命を守るためならなんでもやる。ですよね。
蛮甲　俺にどうしろと……。（刀に手をかける）
布留部　ああ、やめたほうがいい。余計な手出しをすると、あなた、死にますよ。

闇器が得物を振り回して示威行為。

布留部　……まだ殺したりないようです。
蛮甲　それはそれは。（刀から手を引く）
布留部　目を見るとわかる。人を騙して陥れてその快楽に酔う。そして何より、強い者が好き。
蛮甲　（いきなり布留部に土下座）お願いします。私を右大臣の下でお仕えさせて下さい。必ずや、お役に立ってみせます。
布留部　何が出来ます。
蛮甲　こう見えて、かつては蝦夷の長阿弖流為とは親友の契りをかわした仲。大和に逆らい、帝人に弓引く奴の愚かな行為に愛想を尽かし、今でこそ袂を分かっていますが、きゃつめの考えることなど、手に取るように分かります。阿弖流為の足下を掬うことなど、この蛮甲にかかればたやすいこと。

布留部　足下を掬う？　あなたが？

蛮甲　ええ。奴めは一度は蝦夷を追放された身。今でこそ族長に収まっておりますが、しょせんその器ではない。

布留部　ほう、追放を。

蛮甲　ええ、神殺しの罪で。

布留部　神殺し？　その話、詳しく聞きましょうか。

闇器　布留部様。

人の気配を察し、消える闇器。
そこに駆けつける田村麻呂と釼明丸。

布留部　おお、よかった。ご無事で何より。

田村麻呂　(倒れている黒縄を見て)これは……。

布留部　佐渡馬黒縄。将軍に弓引くとは恐ろしい男。

田村麻呂　……黒縄殿が。

布留部　そう。あなたを襲わせた黒幕。
釼明丸　（蛮甲を見て）そちらは。
布留部　母霊の蛮甲。黒縄に仕えておりましたが、彼の陰謀を知り、たった今彼の首を落としてくれたところです。蝦夷の出ではありますが、大和への忠義に生きる武人です。今後は黒縄殿に変わり、戦の手助けになりましょう。
蛮甲　（一瞬布留部を見るが、すぐに田村麻呂に頭を下げ）よろしくお願いいたします。田村麻呂様。

釈然としない田村麻呂と釼明丸。

――暗転――

第七景

蝦夷の里から少し離れた山。ある山肌。

達谷《たっこく》の窟《いわや》と呼ばれている洞窟を利用した建物がある。里を焼かれた蝦夷達、怪我をした蝦夷達が隠れ住んでいる。

疲れ飢えボロボロになっている蝦夷の民たち。その中には赤頭、青頭、丸頭もいる。

そこに現れる阿弖流為。続いて蓟、阿毛志、阿毛留が現れる。蝦夷達、それに気づき起き上がろうとする。

阿弖流為　ああ、そのままでいい。
蓟　みんなご飯だよ。
煮物をくばる蓟達。米や粥ではなく、木の実や山菜と肉を煮た物。
大嶽が入ってくる。

大嶽　どうした。みんな、元気がないぞ。
阿毛留　疲れてるんですよ。
阿毛志　ほんとに。大嶽様のように毒の入った食べ物でも平気で食べられれば、みんなもう少し食生活に幅が広がるんですけどね。
大嶽　ん。食うか。（と、袋から出す）
薊　まだ食ってるんですか。帝人軍の毒入り米。
大嶽　ピリピリ刺激があってうまいぞ。
阿弖流為　叔父上の生命力は、蝦夷の希望です。
大嶽　ん。
阿弖流為　すまない、みんな。もう少しの辛抱だ。
赤頭　心配することはないですよ、阿弖流為様。こんな怪我、すぐに直ります。
青頭　だから遠慮なくお命じ下さい。大和を倒せと。
丸頭　そうっす。帝人軍を追い払うまで俺達、頑張るっす。
三頭　オス！

阿弖流為、深く頭を下げると表に出る。
山のほうに一人ゆく阿弖流為。

夕日が山間に沈んでいく。顔を夕日に赤く染めて高台から麓を見る阿弖流為。
と、後ろから現れる立烏帽子。

立烏帽子　どうしました。お一人でこんなところに。
阿弖流為　あ、いや。……ここからだと蝦夷の里がよく見えるな。
立烏帽子　ああ、ほんとに。
阿弖流為　……随分と焼けてしまった。
立烏帽子　え。
阿弖流為　初めて、都から戻ってきたとき、戦に荒れた里を見て愕然としたが、まさか、自分の手で村に火をつけさせることになろうとはな。
立烏帽子　……勝利のためです。
阿弖流為　なあ、烏帽子。
立烏帽子　はい。
阿弖流為　……俺は本当に、蝦夷の役に立っているんだろうか。
立烏帽子　え。
阿弖流為　皆に無理強いをさせてはいないだろうか。
立烏帽子　無理強い？
阿弖流為　もともと俺達は部族部族独立して生きていた。緩やかな関係の中で、それぞれの部族がそれぞれのやり方でこの地で暮らしていた。それを俺は、無理矢理一つにまとめた。

立烏帽子　何をおっしゃるのです。そうしなければ、とても帝人軍には太刀打ちできなかった。

阿弖流為　それはわかっている。でも、それは蝦夷本来の生き方ではない。

立烏帽子　この戦いが終われば元に戻ります。獣を追い魚を捕り木の実を拾う。森と川と海とともに生きて荒覇吐の神を祭る元の暮らしに。

阿弖流為　どうやって終わる、この戦を。烏帽子も見ただろう、都の栄えを。帝はその財力と人をつぎ込み俺達蝦夷を叩こうとしている。あの帝の妄執をどうやって絶てばよいのか。俺にはその方法がどうにも見えないんだ。

立烏帽子　……阿弖流為様。

阿弖流為　……俺は本当に荒覇吐の神に許されたのだろうか。

立烏帽子　それは確かに。あの時、神の紅玉があなたを護ったではないですか。

阿弖流為　なあ、烏帽子。あの時、お前はなぜ山に入った。神の山に。

立烏帽子　え……。

阿弖流為　決して立ち入ってはいけないことはお前も知っていたはずだ。

立烏帽子　……ではなぜあなたは、白マシラを、神の使いを殺したのです。

阿弖流為　それは、お前を護るためだ。それにあれが神の使いとは……。

立烏帽子　知らなかったはずはない。一目でただの獣ではないとわかったはずだ。

阿弓流為　……それは。
立烏帽子　それでも、あなたは私を助けた。神の呪いがかけられることも怖れずに。なぜ？
阿弓流為　……うらやましかったのかも知れないな。
立烏帽子　え。
阿弓流為　お前は、全部捨てて逃げようとしていたのだろう。神の山を通ったのもわざとだ。無事にあの山を生きて抜けられれば、自由になれる。そう思っていたのだろう。
立烏帽子　どうしてそこまで。
阿弓流為　……さあ、どうしてだろう。ただ、お前を見ていてそんな気がしていた。
立烏帽子　蝦夷を捨てて荒覇吐を捨てて、そういう女を羨ましいと思ったのか。
阿弓流為　……そうかもしれんな。
立烏帽子　それは許されぬことだ。
阿弓流為　……ああ。そうだ。だから俺達には呪いがかかった。
立烏帽子　今でもか。今でもそなたは、この国を捨てたいか。神を捨てたいか。
阿弓流為　いや、それは。
立烏帽子　なぜ口ごもる。それはできないことだ。してはならないことだ。だから私は――。
阿弓流為　え。
立烏帽子　……いや。私は何を言っている。

ふとあたりを見回す立烏帽子。

立烏帽子　そうか……。そういうことか。
阿弖流為　どうした。
立烏帽子　あやうく呪いにかかるところでした。
阿弖流為　呪い。
立烏帽子　あなたの心の揺れにつけこまれいつの間にか。さあ、出て来やれ！

立烏帽子の声に曳かれるように現れる随鏡の怨霊。

阿弖流為　お前は……。
随鏡霊　……捜したぞ、阿弖流為。ぬしもまた、儂をこのような姿にした元凶。
阿弖流為　お前、怨霊になり俺に祟るか。
随鏡霊　都を離れこのような北の果てまで。我が恨み晴れるまで、この身怨霊となりて貴様を呪うぞ。
阿弖流為　因業坊主が。
立烏帽子　いえ。騙されてはなりませぬぞ、阿弖流為様。その裏にまだ誰かおりまする。

立烏帽子が紅玉をかざす。
赤い光が布留部の姿を捕らえる。随鏡と入れ替わりに布留部が現れる。

阿弓流為　あれは確か。
立烏帽子　紀布留部。
布留部　ほほう。よく見破られた。
阿弓流為　ここまで一人で乗り込むか。が、それは無謀。

打ちかかる阿弖流為。が、布留部は涼しい顔。阿弖流為の剣が効かない。

阿弓流為　なに。
布留部　……残念ながら、剣は効きませぬ。
立烏帽子　では、その邪気、散らしてあげましょう。

立烏帽子、紅玉を掲げる。が、その赤い輝き、布留部にはね返される。

立烏帽子　く！　（よろめく）
阿弓流為　烏帽子。

立烏帽子　阿弖流為様、気をつけて。想像以上に念が強い。一人の力ではありません。

と、ぼうっと浮かび上がる御霊御前。

御霊　無駄はおよしなさい、蝦夷の長。呪いの都に護られた布留部殿もまた不可侵の身体です。

立烏帽子　まさか……。あれが、帝の巫女。

阿弖流為　帝の。しかし。

立烏帽子　おそらく、強い魂が布留部を護っているのです。

御霊　ほう、面白い者がいますね。

立烏帽子　面白い？　面白いと。この立烏帽子を。

御霊　あなたが阿弖流為ですか。我が弟、田村麻呂を苦しめる憎い男。

阿弖流為　弟だと。

御霊　しかし礼も言わねばなりませんね。お前がいなければ、弟は蝦夷討伐の任は受けなかったでしょう。

立烏帽子　阿弖流為様。あれは幻。実体ではない。

阿弖流為　では実体は？

立烏帽子　おそらくは都。

阿弖流為　俺は夢を見ているのか……。
御霊　その通り。この国に眠りの粉をかけ夢を見せるのが、帝の仕事。日の国統一という夢を。
阿弖流為　なに。
御霊　帝がなぜこの国を一つにまとめようとしているかご存じか。海の向こうに眠れる獅子の大陸あり。
布留部　その国が牙を剥いてこの国を飲み喰らわんとした時、もしこの日の国がばらばらならばどうします。
阿弖流為　……それは。
布留部　そう。敵から我が身を護るためには、我が身を一つにする。
御霊　日の国は帝のもと一つになる。それこそがこの国を護る術。
立烏帽子　そのような夢幻《ゆめまぼろし》を。
布留部　夢幻こそが国をまとめる。一つの国一つの民という幻を見続けることが大事なのですよ。
阿弖流為　ならばその幻、この阿弖流為がうち破ってやろう。
布留部　これはこれは。面白いことを言う。
阿弖流為　面白い。
布留部　だって、あなたがやっていることは帝と同じではありませんか。

阿弖流為　なに……。
布留部　お前こそ蝦夷の夢。蝦夷の国を一つにして我ら大和を追い払う。違いますか。
立烏帽子　阿弖流為様。気をつけて。きゃつらの言葉は呪いの鎖です。

が、阿弖流為は布留部達の言葉に引き込まれる。

御霊　お前こそ蝦夷の希望。希望がある限り人は戦う。そう、お前がいる限り戦は終わらない。
布留部　希望は絶望、かなわぬ夢こそもっとも見てはならぬ夢。
御霊　阿弖流為、お前こそ蝦夷の悪夢なのですよ。
阿弖流為　俺は悪夢ではない！（剣をかまえる）
立烏帽子　答えてはいけない。答えると取り込まれますぞ。
御霊　もう遅い。
布留部　既にその身体は我らの虜。

剣を構えた阿弖流為、硬直する。

立烏帽子　阿弖流為！

御霊・布留部　下がれ!!

立烏帽子と阿弖流為の間に思念の壁が作られる。金縛りにあう立烏帽子。

立烏帽子　(愕然とつぶやく) まさか。……我が力、ここまで落ちているか。

布留部　ふふ。帝と凶《まが》の都の呪力はそれだけ強いと言うことです。

口調を一転、御霊と布留部、優しく阿弖流為に囁きかける。

御霊　さあ、阿弖流為殿。悪夢は終わらせましょう。

布留部　戦を終わらせましょう。

御霊　その剣を収めましょう。

布留部　その気高き身体に。

御霊　その王者の剣を。

布留部　優しくゆっくりと。

御霊　寂しき女性《によしょう》を慰めるように。

布留部　その赤き血は北の大地に流れ。

御霊　荒覇吐の神もその血に酔い、永遠《とわ》の眠りにつこう。

阿弖流為、その剣の切っ先を己の喉元に当てる。

布留部　それで戦は終わり。
御霊　勇者も深き眠りにつく。
布留部　未来永劫。
御霊　永遠《とわ》の眠りに。

阿弖流為が剣で自分の首を突こうとしたその時、男の声がする。

田村麻呂　やめろ、阿弖流為！

田村麻呂が立っている。

田村麻呂　そんなことでお前の命は果てるのか。この田村麻呂との戦いはそんな形で終わるのか。

阿弖流為の動きが止まる。

御霊　田村麻呂!?

布留部　何故ここに。

御霊　余計な口出しは無用ぞ。

田村麻呂　余計なのは姉上の方だ。戦はこの俺の仕事。呪いの力で族長の首をとって、それで蝦夷征伐と大手を振って都に帰れると思ったか。それで帝は国家統一と錦の御旗をあげるのか。ふざけるな！　目を覚ませ、阿弖流為‼

その激情が阿弖流為の魂を揺さぶった。
その口から獅子吼の如き叫びが迸る。

阿弖流為　絶てよ我が剣、言葉の鎖を！

剣をふるい呪縛を解く阿弖流為。
その反動でよろめく御霊と布留部。

立烏帽子　阿弖流為！

立烏帽子の呪縛も解け、自由になる。

御霊　まさか。

布留部　我らの呪縛を。

阿弖流為　我が身この地にあり。我が心この民にあり。我が名は阿弖流為。誇り高き蝦夷の族長なり。貴様らの思い通りにはいかない。去れ、帝の巫女！

その意志の力が、御霊と布留部の念をうち払う。二人の姿がかき消える。
釼明丸が現れる。

釼明丸　間に合いましたか。

田村麻呂　ああ、危ういところだったが。

阿弖流為　田村麻呂、なぜここに。

田村麻呂　こいつが怪しい気配を感じてな。

阿弖流為　しかし、なぜお前が。

田村麻呂　例えばお前が、荒覇吐の神の力を使って俺の命をとってそれで満足か。

阿弖流為　……俺は、それでもいい。それで帝人の軍がこの地を去るのならば。

田村麻呂　なに。

阿弖流為　そう思っていた。いや、そう思おうとしていた。が、どうやら俺の魂は違うようだ。

立烏帽子　阿弖流為……。

阿弖流為　でなければ、なぜ敵のお前の声に俺の心が震えるのだ。
田村麻呂　それはなあ、俺とおんなじだってことだよ。
阿弖流為　目の前にいる男と、自分の力。どちらが強いか、思う存分試してみたい。そういうことかな。
田村麻呂　ああ、そうだ。前には一度負けちゃあいるが、それで終わる俺じゃないぞ。
阿弖流為　はじめから勝ったなどとは思ってはいない。
田村麻呂　嬉しいねえ。
阿弖流為　むろん、負けるつもりもないが。
立烏帽子　いけません。阿弖流為！
阿弖流為　烏帽子。
釼明丸　……烏帽子？
田村麻呂　どうした。
釼明丸　いや、なんでもありません。
阿弖流為　止めるな、烏帽子。
立烏帽子　ここであなたが倒れれば、蝦夷はどうなります。征夷大将軍の代わりはいるが、阿弖流為の代わりはいない。
田村麻呂　言うねえ。
立烏帽子　一時の激情に流されて、それが蝦夷の長のすることですか。そんなにきゃつの首が欲しいなら、私がこの手でとってやる。

田村麻呂に打ちかかる立烏帽子。
それを受ける釼明丸。

立烏帽子　どけ、下郎。
釼明丸　我が主の首を狙うならば、それすなわち我が敵。刃の釼明丸、この身に代えてもお前を倒す。
立烏帽子　ふん。やはりお前は阿弖流為に災いをもたらす女だ。
釼明丸　え。

と、そこに駆け込んでくる蒯。

蒯　阿弖流為様、大変です！……田村麻呂！　もうここにも。
阿弖流為　どうした。
蒯　帝人軍です。奴らが達谷の窟《いわや》に！
阿弖流為　なに!?
田村麻呂　なんだと!?

立烏帽子　やはりそうか。我らはまんまと騙されたのです。敵を救うなど妙だと思った。これは奴らの陽動。我らをここに足止めにして、その隙に怪我人達を殲滅しようという汚い策。

田村麻呂　おい、待て。勝手に決めつけるな。

阿弖流為　く！

慌てて達谷窟に走る阿弖流為。あとに続く立烏帽子。田村麻呂、釼明丸も追う。

☆

達谷窟。

怪我人と女性を襲う帝人兵。

阿久津高麻呂と大伴糠持もいる。

高麻呂　へへへ、ここは女と怪我人か。

糠持　こりゃ手柄も立て放題と。

高麻呂　いいねいいいね。

よろよろしている三頭。それでも立ち向かう。

赤頭　やらせるかー。
高麻呂　なめるんじゃない！
糠持　ふふん、これが本物の蝦夷か。大したことないねえ。
高麻呂　都で暴れ回っていた俺達のほうがよっぽど凶悪だったか。
青頭　くそう、この怪我さえなけりゃあ。
丸頭　蝦夷の心意気見せてやるぜ。

丸頭突進。が、高麻呂と糠持それをかわして痛めつける。
そこに駆けつける阿毛留と阿毛志。

二人　いい加減にしろ！

剣をかまえ高麻呂と糠持に打ちかかる。その勢いに押される二人。

高麻呂　なんだなんだ。威勢のいいねえちゃんだなあ。
阿毛志　荒覇吐神を祀る母霊族の聖なる双子、その名も阿毛志。
阿毛留　同じく阿毛留。怪我人相手にいい気になるとはそれでも武人か。
高麻呂　うるせえうるせえ。

糠持　こっちは来たくもねえど田舎に連れてこられて気が立ってるんだよ。
高麻呂　こんな戦、とっとと終わらせてやるよ。お前ら皆殺しにしてな。
阿毛留　やれるもんなら。
阿毛志　やってみろ！

襲いかかる阿毛留と阿毛志。強い。糠持と高麻呂、こてんぱん。逃げようとする。

高麻呂　やべえ。
糠持　逃げるぞ。

と、彼らの前に立ちふさがる大嶽。

大嶽　いかさん！
高麻呂・糠持　どけ、じじい!!

立ちふさがるには立ちふさがるが、高麻呂と糠持に切り刻まれ倒れる大嶽。が。

大嶽　（ぴょんと起き）痛いじゃないかー!!

二人　うわわわー!!

高麻呂と糠持パニック。再び切り刻む。
倒れる大嶽。が、ぴょんと起きる。

大嶽　痛いというに。
高麻呂　な、なんだ、このじじい。

高麻呂と糠持、怖くなって別方向から逃げようとする。
と、彼らの逃げ道に立つ阿毛斗。

阿毛斗　逃がすかい、あほんだらあ!!

二人を斬る阿毛斗。糠持と高麻呂消える。

大嶽　……またつまらぬ者に斬られてしまった。
阿毛斗　……あんた、不死身？
大嶽　あいたたた。（うずくまる）

阿毛志・阿毛留　かあさま。
阿毛斗　怪我人は早くお逃げ！

三頭、大獄を連れて消える。
戦いは達谷の窟からその外へ。
と、阿毛斗の前に姿を現す帝人軍指揮官。
帝人軍の幹部の格好をした蛮甲だ。

蛮甲　相変わらずだなあ、阿毛斗様よ。
阿毛斗　……蛮甲、おのれか。
蛮甲　おう、俺だよ。裏切り者の蛮甲が、今じゃ佐渡馬黒縄に代わって帝人軍を指揮する将軍様だ。お前も嬉しいだろう。いいなずけがここまで立派に出世すればよう。
阿毛斗　ああ、つくづく人を見る目があったと我ながら呆れ返ってるよ。
蛮甲　安心しな。例え蝦夷が滅ぼうとも、母霊族だけは生きながらえる。この俺がいるからな。どうだ、阿毛留、阿毛志。今からでも遅くはない。こっちに乗り換えるか。
阿毛留　へん、おとといきやがれ。
阿毛志　一族の誇りを捨てたお前に、母霊の名前は死んでも語らせないよ。この下司野郎！
蛮甲　あーあ、婦女子がそんな言葉使っちゃいけないね。しつけが悪いぞ、阿毛斗のばあさまよ。

阿毛斗　ばばあ？　今、ばばあと言ったなあ。

蛮甲　いや、ばあさまって言ったの。

阿毛斗　この儂のどこがばばあだ。ゆるさん!!

阿毛斗の怒りの剣。猛烈に鋭い。蛮甲、押される。

蛮甲　おうおう、年の割には鋭い剣だ。

阿毛斗　あー。もう、しつこいね。この万年粘着質！

そこに現れる飛連通、翔連通。

翔連通　蛮甲、殿はどこだ。

蛮甲　さてね。俺はしらねえな。

飛連通　田村麻呂様にもしものことがあれば、貴様もただではすまさんぞ。

蛮甲　へ、誰に向かって口を聞いている。

飛連通　なに。

蛮甲　この蛮甲、右大臣紀布留部様より、征夷大将軍補佐見習い待遇遊撃捜査班各蔵金《カックラキン》大

飛連通　将軍の身分をいただいている。ちゃんと将軍様と呼べ。
蛮甲　……それは偉いのか。
阿毛斗　偉いよ。将軍様だもん。
ふざけるな、この裏切り者が！

蛮甲に襲いかかる阿毛斗。
応戦する飛連通、翔連通。

阿毛留・阿毛志　あぶない、かあさま！

かばいに入る母霊の双子。
が、飛連通と翔連通の刃の前では敵ではない。ずたずたに切り刻まれる阿毛留と阿毛志。

飛連通　……女相手は後味が悪いが。
翔連通　これも戦。許せよ。

倒れる阿毛留と阿毛志。

阿毛斗　お前たち！　おのれ蛮甲、一太刀なりと！

吶喊する阿毛斗。

その時駆けつける阿弖流為。

阿弖流為　下がれ、阿毛斗。

彼に続いて蒯も現れる。

阿毛斗　阿弖流為。娘達が。

蒯　……阿毛留、阿毛志。

阿弖流為　……遅かったか。

二人の亡骸に目を落とすと、飛連通、翔連通相手に剣を構える阿弖流為。

飛連・翔連　まいる！

二人の乱舞。飛連通の剣がはじかれ転がる。果敢に攻める翔連通。

が、阿弖流為の剛剣が翔連通の腹を貫く。

飛連通　翔連!!

倒れる翔連通。

阿弖流為　これで二本刀も一本になったな。

と、駆け込んでくる釼明丸。

釼明丸　もう一本いるのを忘れたか！

阿弖流為に襲いかかる釼明丸。

阿弖流為　よせ。女だからとて容赦はせぬぞ。

釼明丸　女ではない。ただ田村麻呂様を護る者。

阿弖流為と釼明丸の戦い。釼明丸善戦。一旦離れる。

阿弖流為　（怪訝な顔）……お前、やはりどこかで。

釼明丸　鈴鹿のことか。
阿弖流為　いや、もっと以前に。
釼明丸　ならば知らぬ。

そこに現れる田村麻呂。

田村麻呂　無茶するな、釼明丸！

その時、弓を持った立烏帽子が現れる。

立烏帽子　させん!!

田村麻呂を狙って弓を放つ立烏帽子。
気づく釼明丸。飛び出して田村麻呂をかばう。その矢が釼明丸の胸を貫く。

田村麻呂　なに!?

と、赤い光に包まれる釼明丸。

立烏帽子　おのれ！

剣を持ち田村麻呂に襲いかかろうとするが、釼明丸が立ちはだかる。立烏帽子の剣が釼明丸を断つ。

立烏帽子　……そこまでして護るか。大和の男を。
釼明丸　……それが我が定め……。
田村麻呂　釼明丸!!

同時に田村麻呂の懐が熱くなる。
田村麻呂、慌てて懐の守り袋を出す。
赤く輝いている守り袋。その中から輝く紅玉を取り出す田村麻呂。
驚く阿弖流為。

阿弖流為　な、なぜだ。なぜお前がそれを！
田村麻呂　……これは、鈴鹿の、鈴鹿の魂なのか。
阿弖流為　いや、それは荒覇吐の紅玉。

阿弖流為も己の紅玉を見せる。

赤い光が二人を包む。
その光の中に立つ釼明丸。

阿弖流為　烏帽子だと。ばかな、烏帽子はここにいる。
釼明丸　残るのは蝦夷の女、烏帽子という名前。
田村麻呂　なに⁉
釼明丸　……田村麻呂様。これで鈴鹿は消えます。

黙って立つ立烏帽子。

釼明丸　故郷を捨て過去を捨て烏帽子は鈴鹿に生まれ変わった。悔いはありません。田村麻呂様に会えたから。
田村麻呂　鈴鹿、待て、鈴鹿！
阿弖流為　何を言っている。
釼明丸　（田村麻呂に）勝って下さいね、この戦。必ずやご無事で……。

微笑む釼明丸。そしてその姿、消える。
同時に田村麻呂が持っていた紅玉が砕ける。

田村麻呂　鈴鹿!!
阿弖流為　これは……⁉
立烏帽子　……二人とも落ち着きなされ。

立烏帽子を見る田村麻呂と阿弖流為。

立烏帽子　……確かに彼女こそ烏帽子。お前が神の使いを殺してまで護った女だ。
阿弖流為　しかし、ではなぜ。
立烏帽子　彼女は北の狼が、阿弖流為だということを知らない。そう、最後まで知らなかったのだ。お前の想い出は最後まで心の底に眠らされていた。荒覇吐の神の力で。そして私が烏帽子だと皆に思わせたのも、その神の力。
阿弖流為　では、お前は、お前は何者。
立烏帽子　……もはや分かっているのだろう。
阿弖流為　……荒覇吐。
立烏帽子　私は森であり山でありこの日高見の国である。それを人が神と呼び、荒覇吐と呼ぶのなら、それが私の名だ。
田村麻呂　……なんだと。神が殺したのか。鈴鹿を！

立烏帽子　これは戦だ。人が神を殺そうとしている戦だ。
田村麻呂　なに。
立烏帽子　人が作った神を奉じるお前たち大和が、この日の国に息づく八百万《やおよろず》の神の息の根を絶つ。それがこの戦の正体ではないか。だから私は阿弖流為を新たな戦神《いくさがみ》として呼び戻した。
阿弖流為　戦神。俺が。
立烏帽子　そうだ。荒覇吐の戦神白マシラを倒したお前は、蝦夷を護る新たなる戦神として、一族に殉じなければならない。それは、蝦夷の長としての誇りでもあろう。
阿弖流為　……それでは、本当に俺がいる限り戦はおわらないのか。奴らの言っていたことは真実なのか。
立烏帽子　都の魔性どもの戯言に耳を貸すな。ただ、私を信じろ。それが蝦夷が生き残るただ一つの道。
田村麻呂　いや、……もう一つ道はある。
立烏帽子　黙れ。
田村麻呂　これ以上、戦を続けて、無意味な殺し合いを続けてどうなる。和睦を結ぼう。

田村麻呂、偽刀を地面に置く。

田村麻呂　軍をひけ、阿弖流為。大和は、帝人軍は俺が責任を持ってまとめる。蝦夷は蝦夷の生き方で、大和とともに歩もう。二つの国が殺し合うこと以外にも道はあるはずだ。

阿弖流為　……田村麻呂。

立烏帽子　それこそが俺が、蝦夷の女と添い遂げようと思った男がやらねばならぬことだ。

田村麻呂　聞くな、阿弖流為。その男の言葉は幻だ。

立烏帽子　なに。

田村麻呂　いくらおぬしが甘言を吐こうと、帝は、朝廷は絶対に認めない。和睦とは服従だ。帝の力が私を押しつぶす。蝦夷は戦え。戦って独立を勝ち取れ。

悩み沈黙していた阿弖流為が、ゆっくり口を開く。

阿弖流為　……それは神の都合だ。

阿弖流為を見る立烏帽子。

阿弖流為　人は戦いに疲れている。蝦夷の民に必要なのは、戦火におびえることなく眠れる夜だ。俺は彼らに安息を与えたい。

立烏帽子　見捨てるのか、私を。

阿弖流為　俺は、俺だけはいつもあなたのことを思っている。

と、それまで呆気にとられていた阿毛斗、立烏帽子の前に出てくる。

阿毛斗　もういいではありませぬか、荒覇吐の神よ。

薊　（阿毛斗に続く）そうです。阿弖流為はもう充分に戦った。

立烏帽子　ええい、お前たちまで。黙れ黙れ！

阿毛斗・薊　荒覇吐!!

立烏帽子　いいや、許さん!!

と、突然、阿弖流為の身体を支配する立烏帽子。剣をふるおうとする阿弖流為。

田村麻呂　阿弖流為！

阿弖流為　なにをする！

渾身の力で立烏帽子の操る力をくい止める阿弖流為。

立烏帽子　田村麻呂を斬る。和睦はさせぬ。

阿弖流為　俺の身体をあやつるか。それでは、帝の連中と同じではないか。そこまで落ちたか、蝦夷の神よ！

立烏帽子　そうだ。落ちたのだ。私の力は。私がいながらお前を護れなかった。帝とその巫女のなすがままだった。このままでは私は消える。なぜ、私のために戦ってくれない。

阿弖流為　……それはできぬ。できぬのだ。

立烏帽子　ええい。だったら下がっていろ!!

あくまで抵抗する阿弖流為を脇にどかして自ら田村麻呂に襲いかかる立烏帽子。

阿弖流為　よせ、荒覇吐!!

神の拘束を跳ね返し、立烏帽子に剣を向ける阿弖流為。

立烏帽子　……お、おのれは。

阿弖流為　荒ぶる神よ。我が剣で鎮まれ。

立烏帽子　……おのれは冷たい男よのう。あの時は女を護るため我が分身を殺し、今はまた蝦夷のために我が息の根を絶つか……。

阿弖流為　……許せ。

立烏帽子　聞けぬ!!

二人の戦いは一瞬にして決まった。
阿弖流為の剣が立烏帽子の胸を貫く。

立烏帽子　……神とは、口惜しいのう……。
阿弖流為　蝦夷の長も、口惜しいわ……。
立烏帽子　……口ばっかり。
阿弖流為　いずれ我が魂はあなたのもとに行く。

立烏帽子を斬る阿弖流為。
彼女の姿、消える。

田村麻呂　阿弖流為、お前……。
阿弖流為　……しょせん俺は神殺しだ。

剣をぬぐい田村麻呂に差し出す。

阿弖流為　北の民蝦夷の長、阿弖流為。今、この剣をおさめ、征夷大将軍坂上田村麻呂のもとに降り伏さん。

田村麻呂、剣を受け取る。
ずっと端で見ていた蛮甲が寄ってくる。

蛮甲　さすがは征夷大将軍。お手柄ですなあ。

そこに歩み寄る阿毛斗。

阿毛斗　待て、田村麻呂殿。私も阿弖流為とともに行く。
阿弖流為　……おぬし。
鬛　阿毛斗様。
阿毛斗　母霊族は荒覇吐神とともに滅びる。これ以降、我が一族の名を名乗る者はすべて偽者だ。
蛮甲　……阿毛斗、貴様。
阿毛斗　……長生きしすぎた。汚名を受けて生き延びるより、いっそ滅んでしまった方がいい時もある。

蛮甲　へん。偉そうに。

縄をだす蛮甲。

田村麻呂　やめろ。
蛮甲　え。
田村麻呂　咎人《とがにん》ではない。
蛮甲　しかし。
田村麻呂　どうしても縄をかけたいのなら、俺を狙った賊にかける方が先だろう、蛮甲将軍。
蛮甲　（不承不承）はい。
阿弖流為　田村麻呂。くれぐれも蝦夷の民とその暮らしは。
田村麻呂　わかっている。これは和議だ。大和に下ることを誓えば、蝦夷の暮らしぶりは護らせる。征夷大将軍の名に誓って。
阿弖流為　頼む。……もう一つ。
田村麻呂　ん。
阿弖流為　帝に会いたい。おぬし達大和を率いる男の顔、どうしても見てみたい。
田村麻呂　わかった。
鵜　……阿弖流為。

阿弖流為　あとのこと、頼んだぞ。

うなずく蓟。
歩き出す阿弖流為と阿毛斗。
砕け散った紅玉を見ている田村麻呂。

田村麻呂　……鈴鹿。
飛連通　……田村麻呂様。
田村麻呂　ああ。

続く田村麻呂と飛連通。
その後を、ふてくされたようについていく蛮甲。
彼らを見送る蓟。
全ては夕日の中に包まれる。
荒吐山が流す血の涙にも見える。

――暗転――

第八景

そして都。宮中。
中央に帝の玉座。当然御簾がかかっている。御霊御前とその兵、玉座の側に立つ。
かしずいている布留部と田村麻呂。

御霊　よくやりました、田村麻呂。布留部殿。
二人　はは。（と、頭を下げる）
御霊　お前たちの働き、帝は大変よろこんでおられる。特に田村麻呂。お前にはすまないことをした。

御霊付きの兵が水晶製の寝台を運んでくる。その中に横たわっている鈴鹿。

田村麻呂　……鈴鹿。

御霊　……どうやっても目覚めぬ。おそらく魂が砕けているのでしょう。
田村麻呂　……すまない、鈴鹿。（顔を上げ）布留部様、お願いしておりました蝦夷の件。
布留部　蝦夷の？
田村麻呂　はい、税を納めさせる代わりに蝦夷達には自治を与えるという約定。よろしくお願いいたします。
御霊　それはならぬ。
田村麻呂　え。
御霊　と、帝は仰せられている。
田村麻呂　しかし。
布留部　まあ、田村麻呂殿の気持ちはわからないでもないが、帝にこれだけ逆らった蝦夷の一族、ただですませるわけにはいかないでしょうねえ。
田村麻呂　しかし蝦夷の長、阿弖流為は、味方につければ必ずや朝廷の力になる人物。厳罰ばかりが正しい処置とは思えませぬが。
御霊　帝のご意志じゃ。何人たりとも覆せぬ。
田村麻呂　（御簾の向こうの帝に）お聞き下さい。蝦夷は高潔なる民、それを率いる阿弖流為も並々ならぬ男。一度こちらに下れば必ずや帝のお力に。

うおおんとうなる声。その見えない力に田村麻呂たじろぐ。

御霊　さがれ、田村麻呂。帝はお怒りじゃ。

田村麻呂　どうして、どうしておわかりにならない。それほどこの都の者の目は腐っているのか。

布留部　言葉がすぎるぞ、田村麻呂。

御霊　者ども。

わらわらと出てくる大和の兵。その先頭に飛連通。

田村麻呂　……姉上。

御霊　我らにも進むべき道があります。一時の情には流れるわけにはいかない。

田村麻呂　く。（偽刀を構える）

布留部　手向かいしますか、田村麻呂。帝の前でその刀を構えれば、おぬしも帝に弓引く者。謀反人ですぞ。

御霊　武人は、主のためにその道を切り開く。それが務め。それとも謀反を起こし、逆臣となるか。愚かなる弟よ。

飛連通　殿。お静まり下さい。それでは翔連通や釼明丸が何のために死んでいったのか。

田村麻呂、緊張を解く。

御霊　屋敷に。

兵達、田村麻呂を連れていこうとする。

田村麻呂　触るな。一人で行ける。

田村麻呂立ち去る。
飛連通、鈴鹿の寝ている寝台を押し、その後に続く。

☆

内裏内。裁きの間。
庭に座らされている阿弖流為と阿毛斗。後ろ手に縄をうたれている。手荒な扱いを受けたのか、二人とも身なりが乱れて憔悴している。拷問のあとか、傷もある。
見張りの兵が二人立っている。

阿弖流為　阿毛斗。生きてるか、阿毛斗。

阿毛斗　当たり前だよ。

阿弖流為　すまないな。お前までひどい目にあわせてしまった。

阿毛斗　降伏したときからこのくらいは覚悟の上だよ。ただ……。
阿弖流為　ただ？
阿毛斗　都に入ってから田村麻呂の姿が見えないのが気になるねえ。
阿弖流為　ああ。確かにな。
阿毛斗　妙なことになってなきゃいいけど。
阿弖流為　あれほどの男に居場所がないほど大和の朝廷も愚かではないさ。
阿毛斗　だといいが。

そこに現れる布留部と都の兵。あとから続く蛮甲。

布留部　なんとも哀れな姿ですね、阿弖流為。
阿弖流為　自ら降り伏した者にこの扱い。それが朝廷のやり方ですか。田村麻呂殿はいずこに。
布留部　おぬしには関係なかろう。
阿弖流為　では、彼との約定は。
布留部　死にゆく者に何の約定ですか。
阿弖流為　我が命は惜しくない。ただ、蝦夷の民の暮らしを。
布留部　蝦夷？　さて、何ですか、それは。
阿弖流為　なに。

布留部　この日の国には大和の民しかおらぬ。帝が治めるこの国は、万世一系の帝とただ一つの民族で作られた神の国である。

阿毛斗　ばかな。

突然、蛮甲も兵に押さえつけられる。

蛮甲　な、何をする⁉

布留部　蝦夷などこの世にあってはならぬもの。母霊族も同様だ。

阿弖流為　まさか。全滅させるつもりか！

布留部　それが帝のご意志。

阿弖流為　ふざけるな‼

立ち上がろうとするが、兵に押さえつけられる阿弖流為。

蛮甲　待ってくれ、布留部様。俺は、俺はあなたに忠誠を。

布留部　我が帝人軍の勇将佐渡馬黒縄殿を謀殺したその罪、逃れられると思ったか。

蛮甲　そ、そんな。

阿毛斗　じたばたするんじゃないよ、蛮甲。北の民は全部ひっくるめて皆殺しだとさ。

蛮甲　……そこまで。ちくしょう〜。
阿弖流為　それが、それが日の国の民の上に立とうという者のやることか！
布留部　言ってしまえば、おぬしらは人でもない。……鬼。でしょ？
阿弖流為　おのれええ。（縄をほどこうとあがくが無理）
布留部　よせよせ。今のお前に荒覇吐の加護はない。その縄すら解けはしません。ただの人、いや、ただの鬼か。（兵達に）やれ。

阿弖流為、阿毛斗、蛮甲に刀を振り上げる兵達。

蛮甲　待て、待ってくれ、布留部様。何でもやる、どんな汚い仕事でもするから、俺だけは助けてくれ。
布留部　見苦しいですよ、蛮甲。
蛮甲　だったら、阿弖流為の、この鬼の首を俺が落とす。俺をこんな目にあわせたこいつだけは、俺に殺させてくれ。
布留部　……ほう。
阿毛斗　蛮甲、おのれは。おのれはどこまで。
蛮甲　どこまでも落ちるさ。こいつ（阿弖流為）が悪いんだ。昔っからこいつだけは気に入らなかったんだ。俺は、せめて俺の恨みだけは晴らしてえ。頼む。お願いします。右大臣様。

布留部　……みっともないのもここまでいけば芸術ですね。放しておやり。

蛮甲を放す兵達。

蛮甲　あ、ありがとうございます。

布留部　さあ、やってご覧なさい。但し妙な真似はするんじゃありませんよ。

蛮甲に刀を渡す兵。

蛮甲　当たり前ですよ。今更刀一本で何が出来ます。俺はただ、こいつの首さえ落とせれば。さあ、覚悟しろ、阿弖流為。

阿毛斗　……お前、ほんとに最低だよ。

蛮甲　（阿毛斗を蹴る）うるせえ、ばばあ。いつもいつも俺を見下した目をしやがって。何ならてめえから先にやるか。

阿弖流為　よせ、蛮甲。……わかった。これも定めだ。

座して目をつぶり首を差し出す阿弖流為。

蛮甲　さっさと地獄へいきやがれ！

刀を振り下ろす蛮甲。
その刀、阿弖流為の縄を斬る。
縛めが解ける阿弖流為。

蛮甲　おっと、手がすべっちまったぜ。

蛮甲に襲いかかる兵。必死でかわす蛮甲。
阿弖流為跳ね起き、そばにいた兵の得物を奪うと、兵を倒す。返す刀で阿毛斗の縛めを斬る。立ち上がる阿毛斗。
が、その時には蛮甲は大和の兵の手により手傷を負っている。

阿毛斗　蛮甲！
布留部　ほほう。負け犬も尻尾を踏むと吠えますか。これは予想外だった。
蛮甲　……確かに俺じゃ刀一本じゃどうしようもないが、それでどうにかする男を知ってたもんでね。
阿弖流為　蛮甲、しっかりしろ！

蛮甲　……勘違いするなよ。ここから生きて逃げ出すには、お前の力に頼るしかない。そう考えただけだ。

阿弖流為　わかった。逃げるぞ。そしてもう一度、大和と戦う。こやつらのやり方はよくわかった。

布留部　これはこれは甘く見られたものだ。この都も私も一筋縄ではいきませぬよ。

大和の兵が阿弖流為達を取り囲む。

阿弖流為　どけい！

布留部に斬りかかる阿弖流為。
が、その剣は布留部に届かない。ぬらりと体をかわす布留部。

阿弖流為　なに。

布留部　呪いの都の凶《まが》の力に護られたこの身体。刀が通用しないことは、知っていたはずでしょう。

阿弖流為　くそ。

布留部の金縛りにあい動きを封じられる阿弖流為。そこを大和の兵が襲う。

阿毛斗　阿弖流為！

そこに現れる闇器。阿毛斗に襲いかかる。
蛮甲、阿毛斗をかばって闇器の斬撃を受ける。

蛮甲　逃げろ、阿毛斗！

阿毛斗　蛮甲！

蛮甲、闇器に襲いかかるが腕が違う。

阿毛斗　蛮甲、お前は。

蛮甲　……けっ。下司がちょっといいとこ見せようと思ったらこれだよ。

阿毛斗　おのれ‼

阿弖流為　待て、阿毛斗‼

金縛りを逃れた阿弖流為が行こうとするが、大和の兵達に行く手をふさがれる。

蛮甲を救おうとして闇器に斬られる阿毛斗。

阿毛斗　……阿弖流為、お前だけでも。こい、母霊の阿毛斗と蛮甲、これにあり!!

闇器をはじめとする大和の兵に斬られる二人の母霊族。

阿弖流為　阿毛斗！　蛮甲ー!!

と、阿毛斗と蛮甲の二人を赤い光が包む。

二人の姿、消える。

と、阿弖流為にも赤い光。

阿弖流為　まさか……。（懐に手を入れると紅玉を出す）……荒覇吐。いや、これは蝦夷の魂か。

紅玉を握りしめ思い入れる阿弖流為。

布留部　闇器。やってしまいなさい。

闇器　は。

阿弖流為に襲いかかる闇器。

阿弖流為　邪魔だ!!

闇器を一撃で倒す阿弖流為。

布留部　なに!?

阿弖流為　……許さぬぞ、大和。許さぬぞ、紀布留部。

阿弖流為の表情も気迫も変わっている。

布留部　何度来ようと同じことだ。お前の剣は私には届かぬ。

阿弖流為　そうかな。

布留部に襲いかかる阿弖流為。

布留部　無駄なことを——。

と、嘲笑おうとする布留部の胸に突き刺さる阿弖流為の刀。

布留部　な、なに。

阿弖流為　……今の俺は、神殺しの阿弖流為。お前たちが忌み嫌う北の鬼の長。呪いの力ならばこちらが上だ。

布留部　そ、そんなばかな……。

阿弖流為　覚えておけ。鬼は、人の道理では動かない。

布留部にとどめを刺す阿弖流為。

倒れる布留部。

阿弖流為　聞けい！　蝦夷は逃げず侵さず脅《おびや》かさず。だが、鬼は襲い脅《おど》し牙を立てる。邪《あ》しき神、姦《かだま》しき鬼と怖れるがいい。我が名は悪路王阿弖流為、北天の戦神《いくさがみ》なり！　帝に伝えよ、貴様が造りしこの都、北の悪鬼が恐怖の炎で燃やし尽くしてくれよう!!

駆け出す阿弖流為。

阿鼻叫喚に包まれる帝の都。

☆

兵の声、女衆の声、騒ぎが宮中を包んでいる。

田村麻呂の屋敷。その中に座す田村麻呂。横には鈴鹿が横たわっている水晶の寝台。
戦装束の飛連通が現れる。

飛連通　田村麻呂様。
田村麻呂　どうした。
飛連通　阿弖流為が縛めを解き狼藉を繰り広げております。
田村麻呂　なに。
飛連通　宮中は北の鬼が降臨したと大騒ぎに。既に紀布留部様がその手にかかってお亡くなりに。
田村麻呂　……そうか。さすがは阿弖流為だ。
飛連通　よろしいのですか。
田村麻呂　何が。
飛連通　…………。
田村麻呂　俺は蟄居の身だ。帝の許しが出るまで屋敷を出るわけには行かない。
飛連通　……しかし。
田村麻呂　……どこへでも行け。俺を気にするな。
飛連通　え……。
田村麻呂　翔連通の仇が討ちたいのだろう。己の剣で。

飛連通　はい。
田村麻呂　但し、奴は強いぞ。
飛連通　わかっております。
田村麻呂　急げ。
飛連通　では。

頭を下げ駆け去る飛連通。

田村麻呂　（その後ろ姿を見送りつぶやく）……俺にはもう通す意地も護るものもないんだよ。

と、そこに現れる幻影の鈴鹿。

鈴鹿　ほんとに？
田村麻呂　……鈴鹿。

慌てて寝台を見る。そこには横たわっている鈴鹿の肉体がある。

鈴鹿　ほんとに護るものはない？

田村麻呂　お前……。
鈴鹿　この歪んだ都にも坂上田村麻呂という背骨がある。だから私は、この都で待てる、そう思っていました。
田村麻呂　しかし、俺は……。
鈴鹿　鬼は人がいて初めて鬼となります。両足を踏ん張り天に向かって立つ姿。それが「人」だと私は信じています。田村麻呂という人だと。
田村麻呂　何が言いたい。
鈴鹿　鬼を人に返せるのもまた、人だけです。

幻影の鈴鹿の姿、消える。

田村麻呂　おい、ちょっと待て。俺は謎かけも苦手なんだよ。鈴鹿、おい、鈴鹿。

ふと見ると寝台に横たわっていた鈴鹿の姿も消えている。

田村麻呂　いない。どこに消えた……。

その代わりに寝台にあるのは、阿弖流為が田村麻呂に渡した蝦夷の剣。

田村麻呂　……これは、阿弖流為の……。

剣を持つ田村麻呂。

田村麻呂　……だったら。……だったら得意なもので行くしかないか。

ブンと剣をふる田村麻呂。

田村麻呂　確かにこの血は騒いでやがる。

剣を持ち、駆け出す田村麻呂。

☆

逃げ込んでくる大和の兵。詠いながら彼らから奪った長槍で、兵を切り倒してゆく阿弖流為。

阿弖流為　わひとを　ひたり　ももなひと　ひとはいえども　たむかいもせず……。

そこにいた兵をすべてなぎ倒す阿弖流為。

阿弖流為　帝、帝はいずこ⁉

その向こうに帝の玉座。御簾が下がっている。が、人の気配。うおおんという呪詛の声がし、シルエットが浮かび上がる。

阿弖流為　あれか！

その時現れる飛連通。

飛連通　お待ち下さい、阿弖流為殿。
阿弖流為　ほう、三本刀の生き残りか。
飛連通　いまや通り名無しの飛連通。が、そこより先は帝の玉座。通すわけにはまいりませぬ。
阿弖流為　無理は承知だ。通してもらおう。

襲いかかる阿弖流為。受ける飛連通。その意志は強いが、荒ぶる神となった阿弖流為の相手ではない。斬られる飛連通。

飛連通　……見事だ。阿弖流為殿、その太刀筋、蝦夷飛翔の舞と名付けるが、よろしいか……。
阿弖流為　有り難くいただこう。

阿弖流為の斬撃に消える飛連通。
玉座に駆け寄る阿弖流為。御簾をあげる。
そこに人の形をした着物の固まり。
阿弖流為が触ると着物は崩れる。

阿弖流為　なに。……帝は。帝は幻だと言うのか。

そこに御霊がしずしずと現れる。

御霊　いいえ、帝はおわします。この都に。
阿弖流為　……お前は帝の巫女。
御霊　いつぞやは。
阿弖流為　帝はいると言ったな。ではどこに。
御霊　いると思うところに。ただ、あなたには見えぬでしょうなあ。

阿弖流為　なに。
御霊　帝とは虚ろにして全て。天にして人。でなければ到底この国を一つにすることなど、かないますまい。
阿弖流為　ばかな……。
御霊　どうしても形が欲しいのならば、例えばこういう姿ならよろしいか。

御霊が指し示すところに立つ鈴鹿。

阿弖流為　お前は……、烏帽子。

と、刀を抜き阿弖流為に襲いかかる鈴鹿。

阿弖流為　よせ。（ハッとする）また、操りか。

魂が砕かれた鈴鹿の肉体を帝の念が操っているのだ。

御霊　欲している者の姿で現れるのも、また支配する者の慈悲かと。
阿弖流為　……欲しているだと。

御霊　お前が神の使いを殺してまで護った女だ。斬られても悔いがなかろう。

阿弖流為　お、おのれらは！

鈴鹿の剣をさばき一旦離れる阿弖流為。

阿弖流為　それが貴様らのやり方か。己の手は汚さず、己の血は流さず、欲しいものだけは手に入れようとする。蝦夷にも大和にも同じ赤い血が流れていること、思い知らせてやるわ!!

鈴鹿をかいくぐり御霊を襲う阿弖流為。
護ろうとする兵と鈴鹿の肉体。
御霊と帝の念すら弾き、御霊の喉元に剣を突きつける阿弖流為。

御霊　ば、ばかな。この私が。

阿弖流為　神の力はお前らだけのものではない。

田村麻呂　待て、阿弖流為！

そこに田村麻呂が駆けつける。手に阿弖流為の剛剣。そして偽刀も持っている。

阿弓流為　……田村麻呂。
御霊　おお、田村麻呂。

田村麻呂に駆け寄る御霊。

田村麻呂　姉上。それはやりすぎです。いくら姉上でも、いくら帝でも、それ以上の非道はこの田村麻呂が許しません。大和の民にも名誉はある！
御霊　なに。
田村麻呂　その鈴鹿の身体に傷一つつけたなら、俺は迷うことなく、姉上、あなたと、そして帝を斬る。
御霊　小賢しい。下がりおれ！

御霊と鈴鹿の肉体に憑依した帝が田村麻呂に念をぶつける。
が、たじろがずそこに立つ田村麻呂。
鈴鹿の肉体が田村麻呂を襲う。その剣を押さえ彼女の腕を掴む田村麻呂。

御霊　……なに。田村麻呂、お前。
田村麻呂　……俺は人です。ただの人です。でも、人として譲れないときはある。さあ、下がりたまえ、我が帝！

田村麻呂の言葉に応じ帝の魂が去り、再び意識をなくす鈴鹿。その身体を支え横たえる田村麻呂。

田村麻呂　（兵に）お前達も下がれ。

言葉に従い兵達も下がる。

田村麻呂　（阿弖流為に）いろいろとすまなかった、阿弖流為。が、俺も大和の武人。この都を荒らす者には身体を張って立ち向かう。

蝦夷の剣を差し出す田村麻呂。

阿弖流為　お前……。

田村麻呂　大和にも男はいる。それだけは知ってくれ。

剣を受け取る阿弖流為。

田村麻呂、偽刀を構えると抜き放つ。今度は偽ではない。真剣だ。初めて真剣を構える田村麻呂。

阿弖流為　よい覚悟だ。
田村麻呂　まいる。

二人の戦いは静かに始まった。
やがてその剣は嵐となり、激しく打ち合う。力は伯仲。その勢いに互いに剣がはじかれる。
二人、ともに剣を拾う。が、田村麻呂が蝦夷の剣、阿弖流為が大和の直刀を手にしている。
二人、苦笑い。その剣を互いに地面に刺すと、ゆっくり場所を入れ替わる。

田村麻呂　……阿弖流為、お前。戦神の力はどうした。
阿弖流為　お前とやりあうのにそんなもの使ったら、もったいないだろう。死力は尽くすさ、人としてな。
田村麻呂　そうか、では俺も遠慮なくいかせてもらう。

二人、同時に自分の剣を摑み、再び仕合う。交差する二つの影。
刹那、勝負は決まった。
田村麻呂の剣が一瞬早く阿弖流為を貫いている。

阿弖流為　さすがだな、田村麻呂……。
田村麻呂　お前……。
阿弖流為　俺はしょせん呪われた戦神だ。滅びることで礎となる定めだ。
田村麻呂　なに。
阿弖流為　よく覚えておけ。これ以上蝦夷に手を出すときは俺は祟り神となる。荒覇吐と悪路王二つの祟り神がこの都を襲う。戦神としての力はいま、見せたはずだ。
田村麻呂　お前、それじゃあ……。
阿弖流為　心しておけ。
田村麻呂　承知した。

剣を抜く田村麻呂。倒れる阿弖流為。
そこは帝がいたはずの玉座。
赤い光がその身体を包み消え去る。

御霊　よくやった、我が弟よ。

玉座に寄ろうとする一同。

田村麻呂　近づくな！

ふりむき一同をにらみつける田村麻呂。

田村麻呂　……よいか、これより北の国は、この征夷大将軍坂上田村麻呂が預かるものとする。この田村麻呂でなければ、祟り神悪路王阿弖流為は押さえられぬ。この朝廷にも災いが及ぶぞ。

御霊　それは、しかし。

田村麻呂　よろしいな、姉上。よろしいな、帝！

天を仰ぎ言い放つ田村麻呂。その姿、まさに人。
彼の気迫に圧される御霊御前。

御霊　……帝もうなずいておられる。

うなずく田村麻呂。
その時、倒れていた鈴鹿を赤い光が包む。
意識を取り戻す鈴鹿。

田村麻呂　なに。

鈴鹿を抱き起こす田村麻呂。

田村麻呂　しっかりしろ。おい、鈴鹿。

ゆっくり意識を取り戻す鈴鹿。

鈴鹿　……田村麻呂さま。

田村麻呂　これもお前の仕業か。北の戦神よ。

言うと、鈴鹿を抱きしめる田村麻呂。

☆

暗闇の中、以下のテロップが浮かび上がる。

テロップ　延暦二十一年八月十三日、
蝦夷の族長阿弖流為墜つ。
ここに古代日本最大の皇戦は幕を閉じた。
再び北を訪れた坂上田村麻呂は、
達谷の窟に百八体の多聞天をまつった。
田村麻呂が窟を訪れると、仏像が動き出し
異郷の唄を舞い踊ったと伝えられる。
但し、この記録、
正史である日本後紀には残されていない。

そして、数年後。
日高見の国。
阿弖流為と田村麻呂を模した巨大なねぶた。それを押して出てくる生き残った蝦夷達。
蝦夷の祭りである。
それを見ている田村麻呂と鈴鹿。
ふと虚空を見上げる二人。

蝦夷の剣を構えて彼方を駆けていく阿弖流為の姿が、かいま見える。
その姿、空を駆ける禽の如く、草を走る獣の如し。
のびやかに自由な蝦夷の若者が、確かに彼らの目には映っていた。

〈アテルイ・終〉

あとがき

「そのうち田村麻呂も書くのかなあ」

『SUSANOH　魔性の剣』を書き終えぼんやりと、次に〝スサノオ・サーガ〟をやるとしたら酒呑童子が題材かなあと考えている頃、もっと薄ぼんやりと思っていたことだ。

征夷大将軍として歴史の教科書にも出てくる坂上田村麻呂だが、この人物、民間に伝わる伝承も相当に面白い。

鬼である美女・立烏帽子との恋、悪事の高丸、大嶽丸という鬼との死闘等々、全国に散らばる田村麻呂伝説の数を考えると、空海弘法大師とならぶ、実在の人物でありながら伝説上は異能の力を持ったスーパーヒーローの代表格でないかと思える。

但し、その頃は「鬼の話を書いていくのなら田村麻呂ははずせないよなあ」とおぼろげに思っていたくらいだから、今ほど調べていたわけではないのだが。

一昨年の夏、『阿修羅城の瞳』を終えて染五郎さんと「やるとしたら次は新作がいいですね」と話していたとき、阿弖流為の名前をあげたのは僕の方からだったろうか。

彼が蝦夷の長、阿弖流為を歌舞伎にしたがっているその思いは、『阿修羅城』のパンフでの荒俣宏氏との対談からも充分に伝わっていた。

同時に、演舞場には二本花道が作れることを武中前支配人から伺い、だったら次にこの劇場で芝居をかける機会があればその時は是非二人主役のものをと、いのうえひでのりとも話していた。

阿弖流為と田村麻呂、二人の英雄が両花道から駆け込んできて舞台中央で刃を交える。その光景が見えたとき、「もうこれしかない！」いのうえと二人、興奮したものだ。

ヒロインには、アクションに意欲を燃やしているという現在の日本の女優さんには珍しい、そして僕たちにとっては待望のタイプの、水野美紀さんがキャスティングされた。

「だったら鈴鹿御前だ」

『田村草子』『鈴鹿草子』などで知られる、鬼でありながら田村麻呂と情を通じ、悪路王退治に協力する異能の美姫をモデルにしよう、そう決めた。

さらに、田村麻呂に『野獣郎見参』で主役を演じてくれた堤真一氏が決まったときには、もう、巡り合わせのようなものを感じた。今回は演劇の神様だけじゃない、北の民の神様もバックアップしてくれている。大げさに言えばそんな気分になった。

「出門と野獣郎、二人が戦ったらどっちが強いか見てみたいなあ」

冗談とも夢ともつかないことをスタッフに漏らしていたのだが、それがこんなに早く実現するとは。

芝居が出来て立ち回りも出来る、その上、二人、全くタイプが違う。染五郎さんの華麗な太刀筋、堤さんの豪快な剣。まさしく柔と剛。その二人ががっぷり四つに組んだ芝居を書けるのだ。

〝蝦夷討伐〟という題材は、当然〝まつろわぬ者と時の権力の対立〟、つまり〝鬼〟の物語になる。自分がずっと追い続けていたテーマだ。

様々な意味で集大成と言える作品になる。

芝居の脚本書きとして、これまでもいろいろ幸福な出会いをしてきたが、今回ほど〝はまった〟感のあるのもそうはない。

一言で言えば、作者冥利に尽きる、というやつだ。

器は揃った。あとは、書き手としてのこちらの力量次第。

どれだけのものが書けるか。どれだけのものが書けたか……。

その評価は、観客や読者の方々にゆだねるしかない。

が、少なくとも自分は、ベストは尽くしたという手応えは感じている。

あとは、物語書きの飽くなき欲望が生んだ戯言を少し。

芝居の台本は、役者の肉体を通して初めて成立する。今回の座組、企画意図で書かれた物語としての『アテルイ』に悔いはないが、しかし、種々の事情から、素材として今回あえて通り過ぎた部分がある。

この時代、東征を押し進めた桓武天皇は、平城京から山背国(京都府)長岡に遷都した。が、わずか九年後の七九四年、山背の葛野に都を移す。平安京と呼ばれるこの都は、その名の通り、それから千二百年余が過ぎた現在でも、この国の古都として栄えているのだが、この急な遷都の原因の一つとされているのが、早良親王の怨霊である。

菅原道真と並び日本を代表する怨霊である早良親王、北の雄阿弖流為、日本最初のゴーストバスター坂上田村麻呂、そして唐に渡る前の若き空海は、すべて同時代人であり、その中央に位置するのが桓武天皇なのだ。

北の鬼、京の怨霊、強大なる怨念と反乱。武と呪、二面から都を武装する者達。その枢軸たらんとする桓武天皇。真理を追究する若き異端僧空海。英雄田村麻呂。虚実入り乱れた伝奇物語の素材はここにもある。

歴史はまだまだ面白い。

二〇〇二年七月

中島かずき

アテルイ☆上演記録

東京◉2002年8月4日〜28日　新橋演舞場

■キャスト

阿弖流為（北の狼）＝市川染五郎
坂上田村麻呂利仁＝堤真一
鈴鹿／釼明丸＝水野美紀
立烏帽子＝西牟田恵
紀布留部＝植本潤
佐渡馬黒縄＝橋本じゅん
飛連通＝粟根まこと
大獄＝逆木圭一郎
無碍随鏡＝右近健一
阿久津高麻呂／覆面男1＝河野まさと
赤頭＝インディ高橋
青頭＝礒野慎吾
丸頭＝村木仁
大伴糠持／覆面男2＝吉田メタル
阿毛斗＝村木よし子
薊＝山本カナコ

阿毛留＝中谷さとみ
阿毛志＝保坂エマ
翔連通＝川原正嗣
闇器＝前田悟
都の人々・朝廷軍の兵士・偽立烏帽子党＝
船橋裕司・武田浩二・佐治康志・大林勝・三住敦洋・松本高弥
女官・踊り女・都の人々・蝦夷の女性＝
武田みゆき・横山博子・東條千洋・高杉あかね
都の人々・蝦夷の人々・朝廷軍の兵士＝
岩崎卓也・大内めぐみ・川端征規・澤山薫・高橋光宏・竹林里美・多勢亜衣・
照井克也・西川義郎・古山憲太郎
御霊御前＝金久美子
蛮甲＝渡辺いっけい

■スタッフ
作＝中島かずき
演出＝いのうえひでのり
美術＝堀尾幸男
照明＝原田保
振付＝川崎悦子
アクション・殺陣指導＝田尻茂一、川原正嗣、前田悟
衣裳デザイン＝竹田団吾

ヘアメイクデザイン＝高橋功亘
小道具プロデュース＝高橋岳蔵
音楽＝岡崎司
音響＝井上哲司
音効＝山本能久・大木裕介
特殊効果＝南義明
歌唱監督＝右近健一
演出助手＝坂本聖子・小池宏史
舞台監督＝芳谷研
宣伝美術＝河野真一
宣伝写真＝野波浩
宣伝メイク＝内田百合香
宣伝ヘア＝高橋功亘
宣伝衣裳＝竹田団吾
宣伝小道具＝高橋岳蔵
制作＝真藤美一（松竹株式会社）・柴原智子（ヴィレッヂ）
制作協力＝劇団☆新感線・ヴィレッヂ
主催・製作＝松竹株式会社

中島かずき（なかしま・かずき）
1959年、福岡県生まれ。立教大学卒業。舞台の脚本を中心に活動。1985年4月、『炎のハイパーステップ』より座付作家として劇団☆新感線に参加。以来、物語性を重視した脚本作りで、劇団公演3本柱のひとつ〈いのうえ歌舞伎〉と呼ばれる時代活劇を中心としたシリーズを担当。代表作に『野獣郎見参』『髑髏城の七人』『阿修羅城の瞳』などがある。

K. Nakashima Selection Vol. 6
アテルイ

2002年8月10日　初版第1刷発行
2002年8月20日　初版第2刷発行

著　者　中島かずき
発行者　森下紀夫
発行所　論創社
東京都千代田区神田神保町 2-19　小林ビル
電話 03(3264)5254　振替口座 00160-1-155266
組版　ワニプラン／印刷・製本　中央精版印刷
ISBN4-8460-0468-6